네 생각이 나서

네 생각이 나서

초판 1쇄 인쇄 2017년 6월 1일
초판 1쇄 발행 2017년 6월 8일

지은이 김해찬

펴낸이 金湞珉
펴낸곳 북로그컴퍼니
편집 김옥자 태윤미 서진영
마케팅 김승지 이예지
디자인 김승은
경영기획 김형곤

주소 서울시 마포구 월드컵북로1길 60, 5층
전화 02-738-0214
팩스 02-738-1030
등록 제2010-000174호

ISBN 979-11-87292-61-6 03810

· 이 도서의 국립중앙도서관 출판예정도서목록(CIP)은 서지정보유통지원시스템 홈페이지(http://seoji.nl.go.kr)와 국가자료공동목록시스템(http://www.nl.go.kr/kolisnet)에서 이용하실 수 있습니다. (CIP제어번호 : CIP2017012711)

그토록 듣고 싶었던, 정말로 하고 싶었던 이야기

네 생각이 나서

김해찬 에세이

북로그컴퍼니

네 생각이 나서,
지금 이대로 충분한 오늘

기분이 좋거나 나쁘거나
무슨 일이 있으면 있는 대로, 없으면 없는 대로
때마다의 이유 때문에
나는 늘 누군가를 생각합니다.
때로는 가족, 때로는 친구, 때로는 연인…….
너무 가까이 있어 얼마간 소홀하게 되는
소중한 이들은 물론이고
뭐라 한마디로 규정하기 애매한
얕은 관계 속의 누군가에 이르기까지
나는 매일 누군가를 떠올립니다.

그중에는
나와 생각이 닮은 이들도 있고
나와 생각이 다른 이들도 있습니다.

그때마다 나는 새삼 놀라곤 합니다.

닮은 그들로 인해 내 마음이 얼마나 든든해지는지.

다른 그들 때문에 내 주변이 얼마나 다채로워지는지.

무심코 생각이 났던 그들과의 이야기들을 기록하였습니다.

나 역시 그들에게 무심코 생각나는 사람이었으면 좋겠습니다.

"네 생각이 나서."

그 한마디에 왈칵 눈물이 날 만큼

반갑고, 미안하고, 그립고, 고마운 누군가가 있어

지금 이대로 충분한 오늘.

Contents

01

조금 서툴러도 괜찮은 나이기를

네 생각이 나서

누군가를 사랑하게 된다면
무엇 때문이 아니라
그저 그 사람 때문이길,
그 사람을 통해 세상을 바라보고,
그 사람이 투영된 내가 되길,
그 어떤 이유로든
그 사람이 떠오르길
바라고 또 바라왔다.

그리고 나는 너를 만났다.
너를 만난 이후 내 바람은
봄날의 햇살처럼
네게로 스며들었다.

화초에 꽃이 피어 네 생각이 나.
해가 참 따스해서 네 생각이 나.
빗물 고인 웅덩이에 신발이 젖어서,
낙엽이 붉게 물들어서,
그 밖의 온갖 이유로
네 생각이 나.

대단한 이유가 있어서가 아니라
내 주변 모든 것들이
너로 인해 의미를 부여받고 있다는 게
새삼 놀라운 오늘.

네 생각이 나서
그것으로 충분한 지금 이 순간.

너도 지금 내 생각을 했으면 좋겠다.

그토록 듣고 싶었던,
정말로 하고 싶었던 그 말
"네 생각이 나서."
오늘 너를 만나면 내가 먼저 꺼내야지.
사랑한다는 말보다 더 애틋한 그 말을
너에게 선물해야지.

우리는 지금
한창때를 지나고 있다

항상 그랬다.

오해는 빠르고,
이해는 느리고,
감정은 서툴고,
정리는 익숙한.

빠르게 온 오해는 이해보다 정리에 익숙했다.
그리고 꽤 오랜 시간이 흐르고 나서야 알게 된다.
감정에 서툴다는 핑계로 이해를 미루어두었음을.

서툴 수도 있는데
서툴다는 걸 인정하고 싶지가 않아
이따금 엇나가고 만다.

가끔은 스스로에게 조금 관대해질 필요가 있다.

나는 지금 한창때를 지나고 있으니까.

MeMeMi

혼밥

서울 상경 6년 차. 자취도 6년 차.

그렇지만 자취방에서 밥을 해 먹는 경우는 많지 않다. 기껏해야 라면을 끓여 먹는 정도. 그것도 아주 배가 고플 때 이야기. 친구들과 같이 먹을 때도 있지만 대체로 혼자. 요즘 말로 혼밥족.

처음 '혼밥'을 할 땐
괜히 주변 눈치를 봤다. 삼삼오오 밥 먹는 사람들 틈에서 조금 이상해 보이진 않을까. 뒤에서 누군가가 수군거리는 것만 같고. 혼자 밥 먹는 것도 서러운데 눈치까지 보려니 메뉴 선택이 한정적일 수밖에 없었다. 1순위는 편의점, 좀 더 용기가 날 때는 김밥천국 같은 분식집.

그날도 뭘 좀 먹어볼까
집을 나서는데 문득 서러워졌다. 혼자 먹는 것도 외로운데 남들 눈치 보느라 먹고 싶은 것도 맘 놓고 못 먹다니.

그래, 까짓것! 어차피 외롭게 먹을 밥,
먹고 싶은 거라도 좀 자유롭게 먹어보자.

용기를 내어 파스타 가게에 들어섰다.
당당히 발을 들인 게 몇 분 전이었더라. 주문할 때에는 개미 목소리만 하게 "까르보나라 주세요." 하고선 "좀 있다 일행 오면 더 시킬게요." 묻지도 않았는데 거짓말을 덧붙였다. 다행히 그는 일행이 언제쯤, 몇 사람이나 더 오는지 묻지 않았다.

10여 분이 지났을까,
내 앞에 놓인 까르보나라는 아주 먹음직스러웠다. 여럿이 밥을 나누어 먹을 때, 내가 좋아하는 걸 누군가가 더 많이 먹진 않을까 조바심을 내는 나이기에 이 까르보나라를 오롯이 나 혼자서 먹을 수 있다는 게 감격스럽기까지 했다. 포크로 면을 돌돌 마는데 고였던 침이 꼴깍꼴깍 넘어가고, 신기하게도 아직 입에 대지도 않은 까르보나라 맛이 느껴졌던 그날의 혼밥.

감히 혼밥러들에게 고하고 싶다.
"눈치 보지 말고 먹고 싶을 때 먹고 싶은 걸 당당히 먹읍시다. 우리에겐 그 일용할 양식을 독식할 권리가 있습니다."

야알못

그는 땀 흘려 하는 운동에
그다지 흥미를 보이지 않았다. 보는 것도 국가대표 경기가 아니면 관심을 두지 않았다. 그런 그가 치고 달리는 빅게임 야구에 관심을 가지게 된 건 순전히 그녀 때문이었다.

그녀의 표현대로라면
그는 '야알못'이었다. 야구팬들이 '야구를 알지 못하는 (딱한) 사람들'을 가리켜 그렇게 부른단다. 야알못인 그는 야구를 그리 좋아하지 않았지만 야구를 좋아하는 그녀를 정말 좋아했다. 그때부터 그는 야구를 공부하기 시작했다.

사실 그녀도 야알못이었다.
야구는 좋아했지만 경기 규칙이나 세세한 규정에 대해서는 잘 알지 못했다. 그녀는 야구장의 열기를 좋아했다. 열성적인 응원

과 응원하는 팀이 득점할 때의 쾌감 같은 것들. 때문에 간혹 팬들의 야유가 터지거나 벤치에서 감독이 나와 심판에게 항의를 하는 상황이 발생하면 "뭐야, 무슨 일인데?" 궁금해서 발을 동동 굴렀다.

그의 야구 공부는 그럴 때 빛을 발했다.
그는 그녀가 자신을 바라보는 시선이 달라지고 있음을 느꼈다. 어깨가 으쓱해질 만큼. 때문에 가끔은 잘 알지 못하는 것들을 어림짐작으로 대답하기까지 했다.

그가 알고 있어야 하는 것은
그 밖에도 많았다. 관람하기 좋은 좌석과 야구장에서 인기 있는 먹거리 정보는 기본이고, 그녀가 응원하는 팀 주요 선수들의 응원가도 막힘없이 부를 수 있어야 했다. 그녀에게 멋있는 남자 친구가 되기 위해서.

어느새 그는
야구 중계와 하이라이트 방송을 빠짐없이 챙겨 보며, 경쟁 팀의 경기 결과까지 꿰고 있는 자신을 발견했다. 그가 이렇게까지 야구에 빠지게 되다니.

단지 그 사람이 좋아한다는 이유로

전혀 관심 없던 것에

눈을 돌리고 애정을 가지게 되는 그런 것.

누군가를 좋아한다는 것.

새로운 사람을 알아가는 것

친구를 기다리는 카페,
무심코 옆 테이블의 대화에 귀가 열렸고
"이제 새로운 사람을 알아가는 게 힘들어."
라는 말에 꽂혔다.

하마터면 "진짜요?"라고 되물을 뻔했다.
정말 새로운 사람을 알아가는 게 힘든 걸까?

혹시 내가 원하던 사람이 아니면 어떡해?
혹시 나만 좋아하게 되면 어떡해?
혹시 그가 한순간 떠나버리면 어떡해?

그 '혹시' 때문에 힘든 거 아닌가요?
불확실성을 이겨내고 누군가를 만나더라도

똑같은 걱정에 빠져들겠지.
그 사람을 잃을까 봐, 그래서 다시 혼자가 될까 봐.
결과를 알 수 없는 그 과정이 두려운 거겠지.

그런데 사랑에 빠지게 될 미래의 그 사람이
떠나지 않을 것이라는 확신이 있어도
누군가를 새롭게 알아가는 것이 힘들까?
결국 스스로에게 확신이 없다는 말 아닐까?

우리는 때때로 알 수 없는 미래를 불안해하며
애초에 그 무엇도 내 삶에 들이려 하지 않아
스스로를 외로움의 끝으로 내모는 것인지도 모르겠다.

미움의 함정

수년 전,
친구와 방 두 개짜리 월세를 반반 나누어 함께 산 적이 있다. 룸메이트가 생긴 거다. 처음엔 마냥 좋았다. TV 시트콤처럼 재미난 일이 많이 생기겠지 하는 기대도 있었다. 그러나 현실은 달랐다.

친구와 나는
상당히 달랐다. 또래 남자를 기준으로 나는 보통 이상으로 예민했고, 그는 보통 이상으로 무심했다. 청소만 해도 그랬다. 나는 설거지든 빨래든 양이 좀 적더라도 그때그때 해치워야 했는데, 친구는 세탁기가 가득 차고 싱크대에 뭘 더 넣을 수 없을 때까지 쌓아뒀다. 스트레스는 온전히 나의 몫이었다.

더는 못 참겠다 싶었던 하루,

친구에게 정중히 부탁했다. 집안일에 조금만 신경을 써달라고. 친구는 내가 너무 좀스럽게 굴었나 싶을 정도로 알았노라 시원하게 대답했다. 하지만 말뿐이었다. 이게 참 웃긴데, 시간이 갈수록 나만 더 안달복달 신경을 곤두세우게 되더라. 그 친구가 어찌나 밉던지.

화내고, 삐치고,
혼자서 이렇게도 저렇게도 해봤지만 소용이 없었다. 더 어이가 없었던 건 그는 내가 자신을 미워하고 있는 줄도 모르고 마냥 태평이었다는 거다. 그래서 알게 됐다.

미움은 내가 만드는 거구나.
누군가를 미워하면 미워할수록
나만 손해 보는 장사를 하는 거구나.

그와 나는

여전히 친한 친구 사이다. 더 이상 한집에서 살지 않을 뿐. 다름을 인정하고 해결 방법을 찾으면 그뿐이다. 나와 다르다는 것이 미움의 이유가 될 수 있을까? 미워해서 얻을 수 있는 게 있다면 그게 무얼까? 나는 누군가를 미워해서 얻을 수 있는 건 옹졸한 내 모습밖에 없음을 알아버렸다.

패션의 완성

미세먼지 때문에
계절에 관계없이 마스크를 쓰는 날이 많아졌다. 가끔은 서둘러 외출을 하려는데 머리고 얼굴이고 영 마뜩지가 않으면 모자에 마스크까지 챙기기 마련. 그런데 나는 날씨 좋고, 말끔하게 차려입은 날에도 마스크를 즐겨 쓴다. 퀴퀴한 날이나 초췌한 날과는 또 다르게 뭐랄까, 조금 세련돼 보이는 것 같아서.

친구들을 만나러 간 자리,
일상적인 만남이었다. 한 녀석이 그날따라 유독 빈정거리는 말투로 "네가 연예인이냐?" 한마디를 던진다. 그 말이 떨어지기 무섭게 '너 말 잘했다'는 듯이 다른 녀석들이 거든다. 아주 멋을 부린 티가 팍팍 난다며 핀잔을 주고 놀려먹는다.

'평소에 별말 없던 녀석들이 오늘따라 왜 이러나.'

순간 무안하긴 했지만 한편으로는 은근히 기분이 좋았다. 나는 누구에게나 좋은 인상을 주고 싶다. 내가 조금 더 멋있게 보였으면 좋겠고, 눈에 띄는 사람이길 바란다. 때문에 나 자신을 스타일링하면서 희열을 느끼기도 한다. 그런데 연예인? 고맙다! 내가 연예인처럼 멋있다는 말이잖아?

그래, 얼마든지 놀려라.
니들이 그러거나 말거나 오늘 내 패션의 완성은 마스크다.
이날의 해시태그 #마스크성애자

오늘 외출 길에도 마스크를 챙긴다.
꼭 쓰지 않더라도
주머니 한구석에 푹 찔러 넣게 되는 필수품.

당신이 아끼는,

당신을 더 당신답게 만드는,

당신만의 필수품이 있나요?

이별에 대한 예의

그는 누군가를 만나는 것이 즐거웠고,
즐겁지 않은 순간이 오면 이별을 이야기했다.
그렇게 몇 번의 연애를 떠나보냈다.

그녀는 달랐다.
누군가를 만나는 것이 즐거웠고,
즐겁지 않은 순간에도 최선을 다했다.
때문에 그녀는 그가 이별을 이야기했을 때
쉽게 대꾸를 할 수 없었다.

그는 그녀를 이해할 수 없었다.
왜 말끔하게 정리하지 못하는 걸까?
사랑은 두 사람이 같은 마음일 때 가능하다.
한쪽이 돌아서면 그 관계는 지속될 수가 없다.

그는 그녀의 사랑을 미련한 것이라 생각했다.

서로가 조금씩 지쳐갈 무렵
더 이상 시간을 끌고 싶지 않았던 그가
단단히 마음을 먹고 그녀에게 다가갔다.
그녀의 입술은 파르르 떨렸고,
물기를 머금은 언어들이 공기 중에 부양했다.

"네 마음은 돌아섰을지 모르겠지만 내 마음은 아직 그대로니까. 돌아선 네 마음 때문에 아프고, 돌아서지 못하는 내 마음 때문에 더 슬프네."

그는 그제야 알았다.
그녀에게 사랑보다 큰 상처를 안겼다는 걸.

사랑은 '함께'여야 가능하지만
이별은 둘 중 한 사람만 등을 돌려도
충분히 성립되는 것이라 여겼던 그.
때문에 자신이든 상대든
누군가 먼저 등을 돌렸을 때 맞게 될 이별을
상대는 받아들여야 한다고 생각했다.

돌이켜보면 그는 늘 먼저 등을 돌렸다.
때문에 남은 자의 아픔은 생각할 필요가 없었다.
어쩌면 그 아픔의 크기를 감당할 수 없어
서둘러 이별을 준비했는지도 모르겠다.

누군가 이별로 힘들어한다면
그건 단순히 상대에 대한 애정이 남아서나
상대를 잊지 못해서가 아닐지도 모르겠다.
한순간 이별을 통보받았는데
그 이별이 너무나 갑작스러워서,
이별의 이유를 납득할 수가 없어서,
이별을 받아들일 수 없고,
받아들일 수 없으니
아프고, 슬프고, 힘든 걸지도 모르겠다.

그는 그녀 앞에서 이기적인 자신을 마주했다.
사랑을 시작할 때만큼
이별 또한 진심을 다해 노력했어야 하는데…….

정말 이별하고 싶다면
재촉하지 말 것.
상대가 받아들일 수 있을 때까지
기다려줄 것.

사랑은 조금 서툴러도 괜찮다.

그러나 이별은 좀 더 성숙하길.

마음의 지옥

간혹 내 SNS에 맥락도 없이
말도 안 되는 악성 댓글을 다는 사람들이 있다. 이른바 '악플'이다. 화가 치밀어 오르지만 깊게 숨을 내쉬고 아무렇지 않은 듯, 아무 일도 없었던 것처럼 조용히 그 문장을 지운다.

그러나
아무렇지 않을 수가 없다. 상대의 SNS에 들어가 대체 어떤 사람인지 그의 일상과 글을 훔쳐본다. 좀처럼 헤어나질 못한다. 사진 몇 개, 글 몇 줄 봤으면 '이런 사람이었구나. 역시나 별로다.' 하고 그만 멈춰야 하는데 그게 잘 안 된다.

끝도 없이 그를 파헤친다.
집착이다. 그쯤 되면 나 자신이 한심하다는 생각이 들기 시작하는데 그럼에도 쉽사리 멈출 수가 없다. 그런 나를 보고 나만

큼이나 활발하게 SNS 활동을 하는 선배가 말했다.

"상처받는 것도 억울한데 뭐하러 그걸
파고들어서 네 마음을 지옥으로 만드는 거야?"

그랬네.
나를 잘 알지도 못하는 사람 때문에
나 스스로를 못살게 괴롭혔네.
그래, 휘둘리지 말자.
그가 휘두른 날 선 문장이 내게 상처를 남겼지만
나 스스로 상처를 곪게 하진 말아야지.
나 역시 좋아하는 사람이 있고
아무래도 미운 사람이 있는 것처럼
그도 그런 거겠지.

세상이 다 내 맘 같으면 얼마나 좋을까?
그렇지만 우리가 이미 겪어왔듯 그럴 수는 없다. 피할 수 없는 일. 그러니 그걸 헤집어서 내 마음을 지옥으로 만들지는 말자. 상처는 시간이 지나면 자연히 아물 테지만 지옥이 된 마음은 오래도록 나를 갉아먹을 테니까. 그것만큼 어리석은 짓은 없다.

02

이러니 내가 힘이 나, 안 나!

만 원의 행복

날씨가 서늘해지면 어김없이 손등과 입술이 튼다.
살이 튼 사이로 피가 나기도 하고
습관적으로 튼 입술을 뜯어버리니
낫기는커녕 증상은 점점 더 심해질 뿐이다.

외출하면서 오늘은 립밤 사야지, 핸드크림 사야지,
백 번도 더 다짐했지만
매번 집에 돌아와서야 또 깜빡했다는 걸 깨닫는다.
그렇게 또 튼 입술을 무의식적으로 뜯는다.

"입술 좀 뜯지 마! 손은 또 왜 이래!"
잔소리를 하던 여자 친구가
특별한 날도 아닌데 선물꾸러미를 하나 내밀었다.
립밤과 핸드크림.

잔소리를 하느니 직접 건네는 게
훨씬 더 빠를 거라고 생각했겠지.

나보다 나를 더 아껴주는 사람,
무심한 나를 더 세심히 챙겨주는 사람.
값어치를 매길 수 없는 마음.
그날의 립밤과 핸드크림은
만 원으로 누릴 수 있는 최대치의 행복이었다.

비싸지 않은 것도

충분히 값질 수 있다.

이를테면 행복.

엄마의 순두부찌개

"오랜만에 집에 오는 건데, 뭐 먹고 싶은 거 없어?"
"순두부찌개."
"순두부찌개? 그런 거 말고. 너 간장게장 좋아하지?"
"아니, 엄마, 난 순두부찌개."

설을 며칠 앞둔 어느 날, 엄마와의 전화 통화.
고향집에 오는 아들에게
좋은 거 먹이고 싶은 엄마 마음.
그러나 내가 먹고 싶었던 건 엄마의 손맛.
1초의 망설임도 없이 내 대답은 순두부찌개였다.

집에 도착하니 명절 음식 장만이 한창이었다.
엄마는 손을 털고 일어나 가스레인지에 뚝배기를 올렸다.
보글보글 순두부찌개가 끓는다.

있는 반찬에 먹으면 된다 해도 고집을 꺾지 않으셨다.
명절 음식을 준비하는 것만도 손이 부족한데…….

학창 시절, 아침이면 입맛이 없어
끼니를 거르고 등교할 때가 많았다.
그럼에도 순두부찌개가 밥상에 올라오는 날에는
슬그머니 밥상 앞에 앉아
밥 한 그릇을 뚝딱 비우곤 했다.
세상에서 가장 맛있는 엄마의 순두부찌개.
서울에 올라와 혼자 지내는 지금도
일주일에 두세 번은 순두부찌개를 사 먹는다.

처음에는 '순두부찌개를 좋아하니까.'라고 생각했다.
그러나 밖에서 사 먹는 순두부찌개는 늘 좀 아쉽다.

그러면서 알게 됐다.

엄마의 손맛이 그리운 거라고.

때문에 맛은 덜해도 부지런히 사 먹게 된다.

엄마의 손맛을 곱씹을 수 있어서.

가스레인지에서 밥상 위로 자리를 옮겼지만

여전히 보글보글 끓고 있는 엄마표 순두부찌개.

"그래, 이 맛이야!"

내 감탄사에 엄마는 대꾸 없이 웃는다.

그리움.

엄마표 밥상의 또 다른 이름.

인생 샷

사진을 찍는 게 쉽지 않다.
내가 셔터를 누르는 경우는 괜찮은데
누가 나를 찍겠다고 하면 어찌나 어색한지…….
민망한 기분, 멋쩍은 표정, 어정쩡한 포즈.
휴대전화로 셀카를 찍을 때가 있지만
대체로 찍으려다 말거나
찍어놓고도 지우기 바쁘다.

얼마 전 친구들을 만나고 집으로 돌아가는 길이었다.
방금 헤어진 친구에게서 온 메시지.
별다른 말없이 사진만.
나를 찍은 사진이었다.
나 모르게 찍은 내 사진.
친구가 도둑 촬영을 한 거다.

어느 유명 사진작가가 이런 말을 했단다.
사진에는 촬영하는 사람의 마음이 그대로 드러난다고.
때문에 기술적으로 뛰어난 사진보다
마음이 느껴지는 사진이 좋은 사진이라고.

친구가 찍어준 사진이 좋은 사진인지는 모르겠다.
그런데 마음에 든다.
인생 샷이라고 해도 좋을 만큼.

휴대전화에 저장된 사진들을 다시 넘겨본다.
간혹 내 얼굴이 들어간 사진들이 있다.
대체로 친구의 사진처럼 나를 도둑 촬영한 것들.
사진 찍은 이들을 차례로 떠올려본다.
웃음 나는 추억들이 스친다.

때로는 우스꽝스럽고
숨기고 싶은 내 못난 모습을
사진에 담아 놀리기도 하는데
그런 건 아무래도 괜찮다.
그 역시 추억의 조각들.

친구에게 메시지를 보내는 대신
SNS 피드를 업데이트했다.
해시태그를 단다면 #인생샷 쯤 되려나.

맞춤법

1952년생.

무뚝뚝한 가장.

초졸 학력의 아버지는 감정을 표현하는 데

무척이나 인색하다.

그런 아버지가 아주 가끔 문자 메시지를 보낸다.

> 밥은 무겄나
>
> 춥다 옷 따뜨타게 이버라

삐뚤빼뚤한 글씨며,

'이렇게 쓰는 게 맞나?' 망설이게 되는 맞춤법까지.

만취한 날에나 볼 수 있는 아버지만의 애정 표현.

서툴러서 마음에 더 와닿는 문장들.

그 어느 유려한 문장보다 더 소중한 문장들.

미처 몰랐던 행복

엄마와 단둘이 마주 보고 앉은 어느 날.
문득 궁금해졌다.
"엄마, 행복해?"
엄마는 무슨 질문이 그러냐고 답을 피했다.
별생각 없이 던진 질문이었는데
답을 피하시니 정말로 궁금해졌다.
"엄마, 나 키우면서 언제가 가장 좋았어?"

흡족한 성적표를 받아왔을 때나
처음 용돈을 드렸을 때가 아닐까,
하고 막연히 떠올리고 있는데
엄마가 천천히 입을 뗐다.

엄마의 대답은 내 예상 답안을 완전히 비켜갔다.

“너 고등학교 다닐 때 엄마가 호프집 했었잖아. 그때 밤늦게까지 일하느라 몸은 힘들었는데 문득문득 그때가 생각나. 네가 매일 엄마 가게 와서 같이 저녁도 먹고, 엄마 일도 도와주고 그랬잖아. 우리 아들이 엄마 생각해서 오는구나, 하는 게 느껴져서 든든하더라. 그때 너랑 얘기도 많이 했고, 생각해보면 별거 아닌 거에 많이 웃었네. 아들 키운 보람 있다, 그랬지. 행복했다 아니다 그런 건 잘 모르겠고 그냥 그때가 참 좋았어.”

함께 마주 앉아 밥을 먹는 것에서,
무슨 이야기였는지 지금은 생각도 나지 않을 만큼
일상적이고도 어쩌면 시시껄렁한 이야기였을 텐데
그런 아들과의 수다에서 행복을 찾는 사람.
함께 웃고 떠들었던 순간들을 떠올려본다.
너무 사소한 것 아닌가 했는데

그간 그 사소한 것조차 못 해드렸구나 싶었던 날.

내가 미처 몰랐던 엄마의 행복.

어릴 적 추억 속에는
늘 내 등 뒤에서
미소 짓고 있는 부모님이 계신다.
이젠 내가 그들의 등 뒤에서
미소 짓는 사람이 되고 싶다.

기다리는 기쁨

좋아한다.

한 시간, 두 시간 하염없는 기다림이 아니라

약속 시간에 먼저 나왔다는 안도감,

누군가를 기다리게 할 필요 없다는 여유로움,

그런 막간의 기다림을.

나를 찾아 두리번거리는 그 눈길을 볼 수 있어서.

나에게로 오는 그 발걸음을 느낄 수 있어서.

누군가가 나를 발견하고 미소 짓는다는 것,

누군가가 내 곁으로 다가온다는 것,

그 순간들이 너무나 소중해서.

누군가를 기다리는 건 그렇게 설레는 일이다.

주인공은 마지막에 나타난다고?

아니, 진짜 주인공은 늘 가장 먼저 등장해

가장 오래도록 화면에 머문다.

내가 비로소 강해질 때

아무리 힘겨운 날이라 하더라도
누군가에게 기대고 싶지 않았고,
누군가에게 위로를 받는 것도 껄끄러웠다.
그저 잘 될 거다, 괜찮을 거다, 라는 말은
의미도 없어 보였을뿐더러
나를 나약하게 만들 뿐이었다.

그럼에도 불구하고 나약해지는 순간들이 있다.
그럴 때면 참 이상하게도
평소 유치하다고 생각한 유행가 노랫말에,
무심코 걸려온 친구의 안부 전화에,
심지어는 따뜻하게 비치는 햇살에서 위로를 찾는다.
나를 감싸 안아주는 것들.
나약해진 순간에 든든함을 느끼는 아이러니.

나약해진 자신을 나무라기보다

누군가에게 기꺼이 기댈 수 있을 때

나는 비로소 강해진다.

위로의 힘

힘들어서.

슬퍼서.

아파서.

속상해서.

위로가 필요한 날이 있다.

누구라도 붙잡고 잠시나마 기대고 싶은 날.

그렇게 누군가 내게 손을 내미는 날이면

나는 기꺼이 나를 내어준다.

위로를 하는 건 나인데

어쩐지 내가 위로를 받는 것만 같아서.

내가 누군가를 달래줄 수 있는 사람이라는 것,
그런 경험을 할 수 있다는 것 모두
참 기쁘고 감사한 일이다.

위로가 가진 긍정의 힘.

03

나를 위한 혼잣말

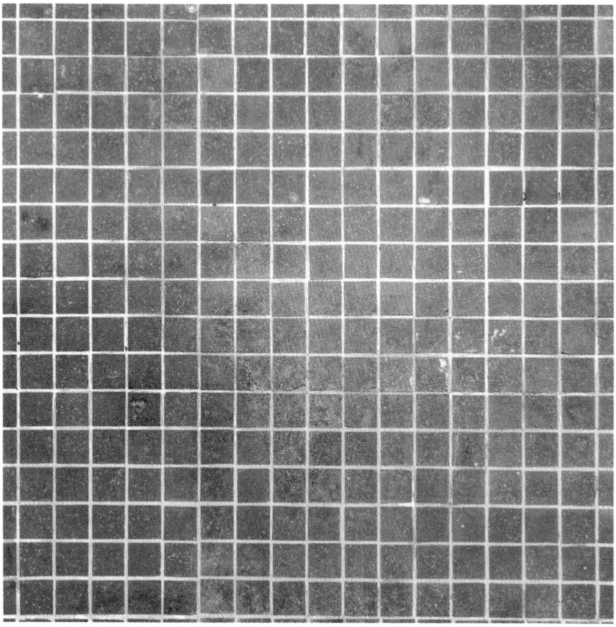

있는 그대로의 나를

대학 입시 준비로 한창 정신이 없었던 때

집에서 한바탕 난리가 났다. 내 진로 때문이었다. 철학과에 가고 싶었던 나. 그게 무슨 소리냐고 되묻는 아버지. 경영학과 같은 데에 들어가야 취업이 잘 될 거 아니냐는 말씀이었다. 철학 공부해서 밥벌이는 하겠냐고 나를 윽박질렀다. 아버지를 설득할 자신이 없었던 나는 아버지 모르게 철학과에 지원했다.

이런 일이 또 있을까 싶었는데

또 있었다. 지난 설 명절 친지 어르신들이 한데 모인 자리였다. 으레 하는 질문이 이어졌다. 졸업하면 어디에 취직하는 거냐고. 그간 그런 질문에 별달리 반응하지 않았던 나는 그날따라 이상하게 대꾸가 하고 싶었다.

"글을 쓸 작정입니다. 작가로 살고 싶어요."

되돌아온 반응은 뜨거웠다.
차라리 싸늘한 무관심이 나았을 것 같다는 생각이 들 정도였다. 글은 무슨 글이냐며 얼른 취업 준비나 하라는 핀잔이 쏟아졌다.
"다 너 잘되라고 하는 소리지."

잘 모르겠다.
정말 나에 대한 관심과 애정으로 그런 말씀을 하신 건지. 내내 당신들의 기준에 나를 끼워 맞추고 재단하려는 것은 아닌가 하는 생각이 들었다. 내가 조금이라도 편히 살길 바라는 마음으로 그런 말씀을 하신 거라고 애써 생각해본다. 그래도 잘 모르겠다. 내가 왜 철학과에 들어가고 싶었는지, 내가 왜 글을 쓰고 싶은지, 지금 어떤 글을 쓰고 있는지, 그런 것들에 대해선 물어본 적 없으셨으니.

아이는 만 번의 넘어짐 끝에
걸음마를 할 수 있다고 한다. 나 또한 그럴 것이다. 스물다섯의 나는 서툰 겉투성이이고 앞으로도 무수히 시행착오를 겪을 거다. 그러나 그 숱한 시행착오가 나를 성장시킬 것이다.

지금 내게는
어림짐작으로 재단하고, 간섭하고, 꾸짖는 대신 있는 그대로의 나를 봐주고, 믿고 기다려주는 마음이 필요하다. 이런 바람을 어른들이 알아주었으면 좋겠다.

조금 느리더라도,

조금 비틀거리더라도,

내가 손을 내밀기 전에는

재촉하지도, 붙잡지도 말아주세요.

있는 그대로의 나를 응원해주세요.

우리 '카르페 디엠' 할까요?

어릴 땐 '커서 어떤 사람이 될 수 있을까?'
라는 기대감에 한껏 부풀었는데
지금은 '내가 과연 뭐가 되려나…….'
하는 막연한 두려움이 앞선다.

그때보다 할 수 있는 것, 알게 된 것이
비교할 수 없을 만큼 많아졌는데도 불구하고
가끔은 아무것도 몰랐던 그때의 내가 그립다.

용기라는 건 어디에서 나오는 걸까?
어째서 꼬맹이 시절이 더 용감했던 걸까?

영화 〈죽은 시인의 사회〉에 등장하는
국어 교사 키딩은

세상이 말하는 성공을 좇아
오늘을 제대로 살지 못하는 제자들에게
이 한마디를 마음에 품게 한다.

카르페 디엠 · carpe diem
오늘을 즐겨라 소년들이여!
삶을 비상하게 만들어라!

내일을 두려워하지 않는 용기로

지금 이 순간에 충실하라는 그 말.

우리에게는 지금 '카르페 디엠'이 필요하다.

귀를 열어주세요

나는 묵묵히 앞을 보고 걸어나간다.

'묵묵히'라고는 했지만 사실 애써 도망치고 있다.

내 곁에 아무도 없다고 느껴진 그 순간,

나는 모든 것들로부터 떠나게 됐다.

무의미함을 견딜 수가 없어서.

대화를 나눌 이 하나 없다는 게 너무 막막해서.

같은 언어로 말을 하지만

도무지 통하지 않는 곳으로부터

나는 멀어져가고 있다.

그저 걷고 있는 순간만큼은

희미하게나마 살아 있다는 걸 느낄 수 있어서.

나는 살기 위해,

숨 쉬기 위해 도망을 결심했다.

걷다가, 걷다가,

이 걸음이 나를 살아 있게 하는 이유를 생각해본다.

이 길 끝에서 다른 언어를 사용하는

낯선 이를 만날지도 모를 일.

필요한 곳으로만 걸음을 옮기던 나였기에

더욱 두려워지는 이 순간.

이 길 끝에 당신이 있었으면 좋겠다.

이국의 언어를 내뱉을지라도

내 말에 흔쾌히 귀를 열어주는 사람.

말을 하는 도중에도
대화가 그리웠던 오늘.
부디 귀를 열어주세요.

내일을 위한 시간

종종 서점에 간다.
온라인으로도 얼마든 책을 구매해서 볼 수 있지만 아무래도 직접 책장을 넘겨보는 맛이 좋다. 진열된 책을 집어 들고 읽다 보면 이따금 그 책의 작가를 마주하고 있는 것만 같은 느낌이 들기도 한다.

무라카미 하루키, 이석원, 기욤 뮈소……
내가 좋아하는 작가들의 책을 경외의 마음으로 펼친다. 이미 여러 번 읽었지만 판매대에 진열돼 있는 그들의 책을 보면 괜히 막 반갑다.

나도 그들처럼 누군가의 마음을 흔드는 글을 쓰고 싶은데
과연 내가 그들처럼 좋은 작가가 될 수 있을까?

서점은 나의 롤모델을 만나는 곳인 동시에
내 미래를 그려볼 수 있는 공간이다.
나는 서점을 들락거리며 작가의 꿈을 키웠다.

내 첫 책이 출간되고
서점에 입고됐다는 소식을 들은 날, 나는 모든 걸 제쳐놓고 서점으로 달려갔다. 가는 내내 심장이 미친 듯이 뛰었다. 도저히 진정되지 않던 그날의 콩닥거림. 내 책은 어떤 모습으로 진열돼 있을까? 누가 내 책을 넘겨볼까? 상상만으로도 웃음이 새어 나왔다.

서점에 도착했다.
기분이 그전과는 사뭇 달랐다. 손님이 아니라 오래전부터 그 공간에 소속돼 있었던 것 같은 느낌. 내 책은 새로 나온 에세이

판매대에 올라와 있었다. 매무새를 쓰다듬어본다. '반듯하게 독자님들을 맞아야지.' 혼잣말을 하고 스르르 책장을 넘긴다.

책이 진열된 판매대
그 주변을 떠나지 못하고 한참을 어슬렁거렸다. 그러는 동안 내 책을 찬찬히 살펴본 후 계산대로 가는 독자 한 분을 가만히 지켜봤다. 감개무량. 이럴 때 쓰는 단어구나. 단어의 뜻을 온몸으로 느꼈다. 정말 기뻤다. 내 글에 값을 지불하는 이가 있다니. SNS의 '좋아요'와는 또 달랐다.

그날 나는 서점에서 내 책 한 권을 샀다.
내가 쓴 글이 맞는 거지? 김해찬, 내 책 맞지? 모니터로 보는 문장과 종이책으로 보는 문장은 전혀 다른 느낌이었다. 스스로 대견하기도 했고, 한편으로는 더 잘 쓸 수 있었는데 하는 아쉬운 생각도 들었다. 다음에 더 좋은 글을 써야지. 안주하지 않을 테다. 나는 그날 얼굴이 발그레해진 채로 서점을 돌아 나왔다.

처음은 서툴다.

그러하기에 '다음'이란 가능성이 찾아온다.

열등감

다른 사람과 비교해
나 자신이 뒤처졌다는 생각이 들 때 느끼게 되는 일종의 피해의식. 열등감. 그러니까 나보다 뛰어난 것만 같은 타인 때문에 내가 더더욱 못나 보이는 매우 상대적인 감정이다.

내게도 열등감이 있다.
다만 노력한다. 열등한 채로 살아가지 않도록. 나는 열등감을 느낄 때면 월등해 보이는 대상을 찬찬히 관찰하고 그에게서 좋은 점을 배우려고 부단히 애를 쓴다.

최근 또래 작가들과 함께
어느 출판 프로젝트에 참여하게 됐다. 같은 주제로 저마다의 글을 풀어내는 일이었다. 또래였지만 이따금씩 깜짝 놀랄 만큼 뛰어난 생각과 글을 쏟아내는 다른 작가들을 보며 마음이 살짝

조급해졌던 게 사실이다.

나는 생각을 바꿨다.
그래, 인정하자. 누군가 나보다 못하다고 해서 내가 더 잘난 사람이 되는 게 아닌 것처럼 누군가 나보다 잘났다고 해서 내가 못난 사람이 되는 것도 아니다. 나는 생각을 바꿔 먹었다. 그들과 어울리면 내가 가지지 못한 새로운 것들을 배울 수 있으니 참 감사한 일이라고. 그들의 완성도 높은 글 때문에 내 글이 평가 절하 되지는 않을 거다. 내가 쓰는 글은 그 자체로 평가받을 뿐이고, 그것은 오롯이 나의 한계치다.

언제라도 나는 그저 나일 뿐이다.
한 개인의 가치는 상대적이 아니라 절대적인 것이다.

뒤처졌다고 속상해하지 않고,

앞섰다고 우쭐해하지 말아야지.

그렇게 나란히 걷는 사람이 되어야지.

나란히 설 수 없다면

앞사람 어깨를 두드리고, 뒷사람을 돌아보며

조금 천천히 걸어가는 사람이 되어야지.

그 흔한 말,
오픈 마인드

좋은 어른을 만나고, 그 어른을 따르며 배우는 것.
중요한 일이지만, 쉽지 않은 일이기도 하다.
학창 시절 내게는 두 분의 좋은 어른이 있었다.

집안 형편을 핑계로
공부와는 담을 쌓고 방황하던 내가 마음을 잡을 수 있도록 다독여주고, 진로를 함께 고민해주셨던 고등학교 2학년 때 담임 선생님이 그랬고, 자신을 '교수'가 아닌 '선생님'이라 불러주길 바라셨던 철학과 교수님이 그랬다.

학생 신분으로 만날 수 있었던 좋은 어른은
대개 선생님이었다. 내가 좀 더 나이를 먹고, 본격적으로 사회생활을 하게 되면 얼마나 다양한 어른을 만나게 될까? 두 분 선생님처럼 좋은 선배, 좋은 어른을 만날 수 있을까?

다행히 최근 좋은 어른을 만났다.
자신을 출판사의 대표라고 밝힌 그는 내가 SNS에 올린 글과 첫 책을 재미있게 봤다며 연락을 해왔다. 우쭐한 기분이 들었다. 그러나 그와의 첫 만남에서 나는 보기 좋게 까였다. 그는 내 글을 요모조모 짚으며 아주 날카롭게 분석했다.

나는 반박할 수 없었다.
그가 짚어내는 하나하나가 눈앞에서 또렷하게 보였다. 당황해하는 내게 그가 말했다. 그럼에도 불구하고 앞으로가 더 기대되는 작가라고. 그는 나의 모자란 점들보다 성장할 수 있는 가능성에 주목하고 있었다.

놀랐다.
찬찬히 곱씹어 생각해보면 칭찬보다는 쓴소리가 더 많았다. 어쩐지 혼이 난 것 같은 느낌. 그런데도 기분이 좋았다. 나도 참 이상한 놈이다. 그런데 정말 기뻤고, 그 이상으로 든든했다.

나는 하나둘 내 이야기들을 풀어냈다.
어떻게 글을 쓰게 되었는지, 왜 글을 쓰고 있는지, 앞으로의 꿈은 무엇인지. 뿐만 아니라 고단하고 지난했던 내 성장기까지. 그도 자신의 이야기를 풀어놓았다. 그와 나는 꽤 오래 대화를 나누었다. 대화의 끝에 그는 이렇게 말했다.
"해찬 작가를 믿어보고 싶네요."

이게 무슨 기분일까.
조금은 뭉클하기까지 했다. 믿는다는 말. 아직 보여준 것이 없는데. 그저 이야기를 나누었을 뿐인데. 그가 말을 덧붙였다. 내가 어떤 사람인지 기꺼이 당신에게 보여주어 고맙다고.

좋은 소리보다 쓴소리를 더 많이 들었지만
그럼에도 내가 마음을 열 수 있었던 것은 그의 쓴소리가 내 성장 가능성에 초점이 맞추어져 있었고, 그 애정 어린 마음을 충분히 느낄 수 있었기 때문이다. 내가 마음을 열어 보이자 그에게도 어떠한 확신 같은 것이 생겼다고 했다.

우리 사이에는 공통점이 있다.
그 흔한 말. 오픈 마인드 · Open-mined.

한참 부족한 내가
앞으로 더 많이 성장하게 된다면 그 비결은 아마도 이 때문일 것이다. 열린 마음. 앞으로도 계속 그로부터 쓴소리를 들을 것 같지만 그와 만나는 날은 종일 가슴이 콩닥거린다. 오늘 나는 또 얼마나 성장할까, 그런 기대감으로.

열린 마음은 나를 성장으로 이끌고,
닫힌 마음은 나를 퇴보로 이끈다. 마음을 열지 닫을지 결정하는 건 바로 나. 성장할 것인지 퇴보할 것인지, 그 결정도 결국 나에게 달려 있다.

꿈은 깨지만

꿈꾸는 동안에는

모든 걸

이룰 수 있다.

꿈꾸는 즐거움

얼마 전 잘 사용하지 않던 메일 계정을 정리하다가
계정에 연동되어 있던 블로그를 둘러보게 됐다.

2008년 1월 17일,
막 열여섯 살이 된 나는 영화 〈라따뚜이〉를 보고 감상평을 남겼다. 첫 문장부터 느낌이 왔다. 글을 다 읽기도 전에 손발이 오그라들고, 거울을 보는 게 두려워질 거란 걸. 그럼에도 읽어 내려간 글.

주인공인 생쥐 레미는
요리에 탁월한 재능이 있다. 하지만 생쥐가 요리하는 음식을 누가 먹겠는가? 그런데 영화 속 최고의 요리사 구스토는 이렇게 이야기한다. "Anyone can cook." 그 한마디에 용기를 얻은 생쥐 레미는 인간들에게 인정받는 요리를 할 수 있게 된다. 나는 그 대사에서 'cook · 요리하다'를 'write · 쓰다'로 바꾸어도 말이 되는 것 아닌가, 생각했다.

작가가 되고 싶었던
어린 마음이 녹아든 문장들로 가득했던 당신의 블로그. 나는 그 속에서 감상평이 아닌 열여섯 소년의 꿈을 읽었다.

몇 개의 포스팅을 더 넘겨봤다.
혼자만의 생각을 그럴싸하게 풀어놓은 것부터 많은 사람들이 나의 글을 봐주었으면 좋겠다는 넋두리까지. 예상대로 얼굴이 화끈거릴 만큼 치기 어린 감정이 가득했다. 비공개 글이지만 누가 볼세라 주변을 두리번거리면서도 피식 웃음이 났다. 꽤 오래 글 쓰는 일을 동경해왔구나, 새삼 놀랍고 기특한 마음에.

그 시절 나는
김소월 시인의 시 구절을 노트 맨 앞에 적어놓고 수없이 읽고 따라 적었다. 마치 내가 김소월이 된 것처럼. 그리고 꿈꿨다. 나도 이렇게 멋진 시를 쓰고 싶다고. 좀 더 자라서는 니체의 격언을 보며, 나도 그처럼 누군가의 인생을 바꿔놓을 만큼 강인한 문장을 쏟아내겠다고 다짐했다.

시간이 흘러 스물셋이 되었을 때,
SNS에 재미 삼아 올린 글이 인기를 끌면서 덩달아 유명세를 타게 됐다. 기뻤다. 누군가 내 글을 읽어준다는 것이 정말 행복했다. 타인의 공감이 나로 하여금 부지런히 글을 쓰게 했다. 사람들은 나를 'SNS 작가'라고 불렀다. 여느 유명인 못지않은 '좋아요' 수에 덩달아 우쭐해졌다.

그렇게 1년여 만에
내가 간절히 바라고 기대하던 꿈은 예고 없이 내 앞에 다가와 고개를 내밀었다. 출간 제의를 받은 것이다. 막연하게 꿈꿔왔던 일이 생각보다 빨리 이루어졌다. 미숙했지만 나는 용기를 내 첫 책을 출간했다. 부족하지만 부족한 그대로 지금 내가 가진 것을 거칠게 드러냈다. 그리고 이 글을 쓰는 지금 나는 두 번째 책을 준비하고 있다.

나를 '글 쓰는 사람'이라고
소개할 수 있어 행복하고, 사람들이 나를 '글 쓰는 사람'으로 알아봐주어 고맙다. 그래서 다시 꿈을 꾼다. 이 꿈에서 깨고 싶지 않아서. 작가가 되었지만 내 꿈은 여전히 현재 진행형이다. 나는 늘 꿈꾸는 사람이고 싶다.

04

지금 가장 싱그러운

무언의 사과, 레인보우 샤베트

충전기를 잘못 연결했는지
자는 사이 완전히 꺼진 휴대전화. 덕분에 알람은 울리지 않았고, 약속 시간에 늦고 말았다. 버스를 눈앞에서 놓치고는 택시를 잡아타는데 어찌나 짜증이 나던지. 마감 시간을 지키려 꾸역꾸역 써낸 원고마저 퇴짜. 정말 되는 일이 하나도 없는 하루였다.

어찌저찌 하루를 마무리하고
여자 친구를 만났다. 왜 늦었냐고 묻는 여자 친구에게 괜스레 심술이 났고, 미안하다는 말은커녕 버럭 짜증을 내고 말았다. 말이 나왔으니 말인데, 매번 기다리는 건 나 아니었냐고. 일부러 늦은 것도 아니고 겨우 한 번을 못 기다려주냐고. 그렇게 퍼붓고 나니 서로 머쓱해졌다. 상황이 더 꼬이기 전에 피곤하다는 핑계를 대고 서둘러 헤어졌다.

집에 돌아와 침대 위에 몸을 내동댕이치니
잔뜩 날이 서 있던 마음이 조금씩 풀리기 시작했다. 그제야 아차 싶었다. 여자 친구에게 미안한 생각이 스멀스멀 밀려왔다. 종일 쌓였던 내 짜증을 왜 그녀에게 터뜨렸던 걸까.

휴대전화를 꺼내
메시지를 보내려다 만다. 미안하다는 한마디, 그런 식의 사과는 너무 쉬운 게 아닌가 하는 생각이 들어서. 간단히 휴대전화와 지갑만 챙겨 다시 집 밖으로 나섰다.

그녀의 집 근처 아이스크림 가게.
세 가지 맛을 골라 담을 수 있는 파인트를 주문했다.
그러곤 "레인보우 샤베트로만 주세요."라고 덧붙였다.

늘 그랬다.

레인보우 샤베트.

가끔 다른 것도 좀 먹어보자 했지만

그녀는 말없이 고개를 저었다. 단호했다. 그러면서 알게 된 것이 있다. 그녀는 기분이 울적한 날이면 여지없이 이 레인보우 샤베트를 통째 끌어안고 먹었다. 비 온 뒤 갠 하늘에 뜨는 무지개처럼 자신에게 드리운 어두운 기운이 저만치 물러나도록.

몇 시간 만에 다시 마주한 여자 친구.

나는 멋쩍게 웃었고, 여자 친구는 그런 나를 새침하게 바라보다가 손에 든 아이스크림을 보고는 어이없다는 듯 웃었다. 사과를 하려고 간 거지만 아까 일은 별거 아니라는 듯 "아이스크림 쿠폰이 생겨서."라고 거짓말을 했다.

때로는 말로 하는 사과보다
미안한 마음을 보여주는
소박하고도 사소한 행동에
토라진 마음이 스르르 풀리곤 한다.

척

"그래서 뭘 배우는데?"
대학에서 철학을 전공한다고 하면 대부분의 반응이 이렇다. 그럴 때면 괜히 철학 용어들을 늘어놓으며 아는 척을 한다. 그래놓고선 집으로 돌아가 줄줄이 늘어놓았던 용어들을 찾아 되짚는다.

사실 실컷 아는 척을 해놓은 것 가운데는
잘 알지 못하는, 들어는 봤지만 어렴풋한 것들이 많다. 모를 수도 있지, 하고 넘어가도 될 것을 굳이 잘 아는 것처럼 으스댔던 내 모습이 떠올라 얼굴이 화끈거리기도 하는데 좀처럼 고쳐지지 않는다.

즐겨보는 웹툰 〈헬퍼〉의 한 장면.
학교에서 따돌림을 당하던 한 소년이 전학을 가게 된다. 그곳에서 소년은 자신이 따돌림당했던 사실을 비밀에 부치고 오히려 '세게' 나간다. 그러던 어느 날 자신의 과거를 들킬 위기가 찾아오는데, 그때 비밀이 밝혀지지 않도록 도와주는 누군가를 만난다. 가까스로 위기를 넘긴 그가 그를 도와준 이에게 묻는다. 자신의 비밀을 왜 묻어준 거냐고. 도와준 이가 답했다.

"누구나 자신의 모습과 자신이 살아가고자 하는 모습은 다르니까. 그저 살아가고자 하는 모습을 지켜주고 싶었을 뿐."

나도 그렇다.
지금의 나와 '되고 싶은' 나는 다르다. 때문에 조금이라도 빨리 그 모습이 되고자 그런 '척'을 하는 게 아닐까. 그게 꼭 나쁘다는 생각을 하지 않는 건 '척'에서 그치지 않고 온전히 내 것이 될 수 있도록 노력을 하니까.

어쩌면 그런 '척'들이
나를 성장시키는 원동력이 아닐까. 나는 그런 '척'들이 모여 훗날 정말 원했던 내가 될 수 있을 거라 믿는다.

그냥 '척'으로 끝나지 않고,
성장으로 이어지는 '척'이 쌓이면
우리는 '진척'이란 이름의
선물을 받게 된다.

낯선 ___________ 응원

딱히 약속이 없었던 날,
그럼에도 기어코 외출 준비를 한다.
그저 걷고, 사람들과 스치는 것만으로도
때로는 힐링이 되곤 하니까.

카페에 자리를 잡고 앉는다.
바깥이 잘 보이는 창가 자리.
책을 펼쳐 들었지만,
정작 시선은 창밖 거리에 머문다.
자연스레 턱을 괴고
오가는 사람들을 관찰한다.

어디들 저렇게 바삐 오가는 걸까.
다들 무엇을 향해 가는 걸까.

그러저러한 생각을 하는 동안
카페 앞 버스정류장으로 시선이 쏠린다.
내 또래로 보이는 그녀.
머리는 단정하게 한 갈래로 묶었고,
흰 블라우스에 검은 치마 차림.
말끔한 오피스룩.
한눈에도 면접 복장이다.

창 너머로 긴장이 전해졌다.

'몇 분 후 도착'이라 알려주는 버스 알림판을
고개가 꺾어져라 올려다본다.
불과 몇 분인데도 가만히 있질 못한다.
깍지 낀 두 손은 만지작만지작,
가냘픈 두 다리는 제자리에서 동동걸음.

머릿속으로 잠시 그녀의 몇 시간 후를 그려본다.
어제까지 부지런히 준비한 걸 까먹지나 않으면 다행이겠다.
막상 무표정한 면접관들 앞에선 머리가 새하얘지겠지.
면접을 무사히 마치더라도
합격 발표가 있는 날까지 또 얼마나 마음을 졸일까.
그 모습이 싱그럽게 느껴진 오후.

누군가에 등 떠밀려 시작한 것이 아니라

진정 자기가 하고 싶은 일이었으면 좋겠다.

합격을 한다면 얼마나 행복할까.
가슴이 터질 듯하겠지.

혹여나 불합격 통보를 받는대도, 그래도 괜찮다.
몇 번의 좌절을 겪더라도 그것이 실패는 아니다.
넘어졌지만 그렇기에 다시 일어설 수도 있는 거니까.

그날 하루,
나는 낯선 그녀의 오늘을 기꺼이 응원했다.
그것으로 그날 할 일을 다 한 뿌듯한 기분.

잠자리에 들기 전

하루의 끝 잠자리에 들 때면
그 하루가 어땠는지 보인다.

종일 고생했다, 하고
두 다리 쭉 펴고 바로 누웠다면
아마도 개운한 하루.

뭔가 불만족스럽거나
어딘가 힘들고 지친 날에는
한껏 웅크리고서
이리 뒤척 저리 뒤척
새벽이 되도록 쉽게 잠 못 이룬다.

잠자리에 들기 전

무의식적으로 기지개를 켜고 바로 눕는다.

좋았건 나빴건

오늘 하루를 살아낸 나에게 수고했다는 의미로,

내일은 좀 더 개운할 수 있었으면 하는

바람을 담아서.

오늘을 마감하고

내일을 맞이하는

나만의 리추얼.

그 잠깐을 통해 나는

오늘보다 나은 내일을

기약할 수 있게 된다.

위로가 되는

푸념

패션 공부를 하고 싶었는데
부모님의 반대로 공무원 시험 준비를 하고 있는 친구가 먼저 말을 꺼냈다. 하기 싫은 공부를 하려니 아주 죽겠단다. 그랬더니 '내 걱정이 더 심각해.'라는 듯 친구들이 하나둘 저마다의 이야기를 쏟아 놓는다.

울상을 하고 늘어놓는 푸념들.
누구는 학점이 안 나와 고민이고, 누구는 취업이 늦어져 고민이고, 누구는 군 입대 시기가 고민이고. 누가누가 더 걱정거리 많고 못난 사람인지 대결이라도 해야 할 판이다.

스물다섯 내 또래의 고민들은 각양각색.
하지만 어쩌면 다 같은 이야기일지도 모르겠다.
불안한 미래.

친구들의 말을 듣고 있는데

문득 '다행이다.'라는 생각이 들었다.

나만 불안한 게 아니구나.

다들 어느 정도 불안과 겁을 안고 살아가는구나.

괜히 마음이 놓였다.

어쩌면 불안한 것이 당연한 시기.

조급해지지 말자고 마음을 다잡는다.

앞날이 불확실하다는 건

알 수 없는 불행에 두려운 게 아니라,

어떤 행운이 올지 모르는 설렘이라고.

여행 상상

불현듯, 하던 일을 멈추고
어디론가 떠나고 싶을 때가 있다. 물론 이런저런 이유로 떠날 수 없을 때가 대부분이다. 그럴 때면 여행 에세이를 읽으며 대리만족을 하게 된다.

그러나 책을 덮으면 다시 현실이다.
떠나고 싶은 욕구는 더욱 증폭된다.
여행 에세이를 읽고 난 심각한 부작용.
인터넷 창을 열고 검색을 시작한다.

티칼 · Tikal
모뉴먼트 밸리 · Monument Valley
갠지스 강 · Ganges R.
시베리아 · Siberia

서울에서 출발해

어디로, 어떻게 이동해야 하는지 경로를 살펴본 다음 어디에서 묵으면 좋을지 숙소도 알아본다. 내일 당장 떠나기라도 할 것처럼. 일본이라면 정말 지금 당장이라도 다녀올 수 있지 않을까? 실현 가능한 장소가 떠오르자 구체적인 계획이 덧붙는다.

오후 늦게 도착할 테니
우선 긴자 한가운데에 있는 작은 밥집에 들어가
초밥 몇 점으로 허기를 달래야지.
화려한 네온사인 아래에서
연인을 기다리는 것처럼 서성여봐야지.
밤이 깊어지면 심야식당에 들어가
규카츠에 사케를 한 잔 할 거야.
약간의 취기가 돌면

낯선 도시가 친근하게 느껴지겠지.
단정하고 적막한 밤거리를 걸어보는 것도 좋겠다.

지금 당장 떠나지 못하더라도
그 순간을 상상하는 것만으로 행복해질 때가 있다. 여행을 상상하는 것만으로도 여행이 된다. 그 상상은 날이 갈수록 선명해진다. 아니, 선명하게 꿈꾸면 이루어진다고 했던가. 떠날 날이 머지않았다고 신호를 보내는 듯 그 상상은 날이 갈수록 선명해진다.

혼자 여행을 할 때엔 더 섬세히 주변을 살핀다.

외로워하기에는 세상에 흥미로운 것들이 너무 많다.

나의 성장은 ——— 현재 진행형

자신감이 바닥을 기는 날이 있다.

가령 머리가 망한 날. 웃긴 얘기지만 거울에 비친 내 모습이 마음에 들지 않는 날은 외출은 고사하고 거울 보는 것도 싫다. 이런 사소한 것에도 예민해지는데 하물며 잘하고 싶은 일이 잘 풀리지 않을 때는, 그런 날은 정말…….

내가 좋아하는 작가들처럼

감탄이 나올 정도로 멋진 글을 쓰고 싶은데 SNS에 올리는 일상적인 문장 한 줄조차 마음에 들지 않아 썼다가 지웠다가를 반복하게 되는 날이 있다. 그런 날은 입맛도 없고, 몸에서 힘이 쫙 빠진다. 물 먹은 솜처럼 몸도 마음도 천근만근. 광고 카피처럼 아무것도 하고 있지 않지만 더 격렬히 아무것도 하고 싶지 않은 날, 그런 날에는 '에라 모르겠다!' 종일 침대 위에 널브러져 휴대전화만 만지작거리게 된다.

그날도 그랬다.
나는 아무래도 글을 쓰기에는 너무 부족한 사람인 걸까. 온갖 궁상맞은 생각으로 머릿속이 터질 것 같았다. 어김없이 휴대전화를 부여잡고 잡생각을 쫓으려 애를 쓴다. 페이스북에 접속해 몇 페이지를 넘겨본다. 그러던 중 눈에 띈 글귀.

"모든 것의 시작은 위험하다. 그러나 무엇을 막론하고, 어떠한 것도 시작하지 않으면 아무것도 시작되지 않는다."

니체의 문장이다.
나는 저 문장을 곧장 받아쓰고 그 아래에 정리되지 않은 조각들을 메모하기 시작했다. 뭐라도 쓰고 싶은, 뭐라도 쓸 수 있을 것 같은 기분이 들어서. 그리고 든 생각. 한 번씩 자신감이 뚝 떨어지고 제자리걸음인 것 같아도, 나는 결코 멈춰 있지 않구나.

나는 지금 이 순간에도 성장하고 있다.

나의 성장은 현재 진행형.

드라마틱하고
한 편의 영화 같기를

나에게 연애 상담을 하거나
누가 잘못한 건지 판가름을 해달라는 커플들이 꽤 있다.

"야, 내 얘기 들어봐. 얘가 글쎄……."
"야, 그게 아니잖아. 너는 왜……."
그렇게 샌드백이 된 날에는
기진맥진한 상태로 집에 들어가 대자로 뻗는다.
아, 생각만 해도 피곤.

보통의 연인들처럼
나도 누군가와의 만남에 설레고, 누군가와의 이별에 아파한다. 연애 횟수가 늘어난다고 연애가 쉬워지는 건 아닌가 보다. 몇 차례의 연애는 늘 서툰 것투성이였다. 마음속에 얼마간의 미안함과 아쉬움이 남은 지난 연애.

내 연애는 이랬으면 좋겠다.
〈이터널 선샤인〉처럼 기억이 지워져도 또다시 같은 사람에게 끌리는, 〈어바웃 타임〉처럼 사랑을 지키기 위해 수없이 시간여행을 떠나는, 〈노트북〉처럼 죽는 순간까지 변치 않는 사랑을 약속하는 그런.

유치하다 놀림을 받더라도

나는 운명적인 사랑을 꿈꾼다.

그게 사랑인 줄 모를 만큼

아주 평범하게 시작되더라도

그 과정은 드라마틱하고,

그 끝은 한 편의 영화 같기를.

05

그렇게 어른이 되는 중입니다

두려웠던 것의 정체

어릴 적 부모님이 부부싸움을 시작하면
나는 조용히 빈 방에 들어가 고성이 잦아들 때까지 숨을 죽이고 기다렸다. 어른들의 다툼에 끼어드는 건 생각하지도 못했다.
눈물이 찔끔 날 만큼 무섭고 두려웠으니까.

그런데 20대 중반이 된 지금
간혹 부모님의 말다툼을 보고 있자면,
아, 그토록 사소한 걸로
얼마나 유치하게 다투시는지, 참.

어린 시절
내가 그렇게 두려워했던 다툼의 정체가
그런 것이었다니.
어이 상실.

그렇게도 두려웠던 것들의 실상이
별것 아님을 알게 될 때,
이런 게 어른이 되는 과정인 걸까?
생각하게 된다.

내가 진짜 괜찮지 않은 것

큰형과 열세 살, 둘째 형과 아홉 살 차이가 난다.
그러니까 나는 늦둥이. 부모님 두 분 모두 무뚝뚝하신 편이라 늦둥이인 나에게도 그리 살가운 애정 표현을 하지 않으셨다. 그런데 내가 대학에 들어가면서 서울살이를 하게 되자 조금 달라졌다.

하루는 엄마와 전화 통화를 하는데
아버지께서 뜬금없이 해찬이가 집에 왔느냐 물으셨다고 했다. 전날 내가 집에 가는 꿈을 꾸셨던 모양이다. 엄마는 아버지가 보고 싶어 하는 것 같으니 주말에 시간을 내 집에 다녀가는 게 어떻겠냐고 하셨다. 이따금씩 내 빈자리가 느껴져 두 분이 허전한 기분이 드는구나, 하는 생각이 들었다.

고향집을 떠나 서울에서 자취를 한 지 6년째,

외롭고 서러운 순간들이 불쑥불쑥 생겨난다. 몸이 아플 때, 혼자 밥 먹을 때, 뒤죽박죽이 된 인간관계로 가슴앓이할 때에도 여지없이 집이 그립다. 그래서 괜히 투정을 부리고 싶다가도 선뜻 입 밖에 낼 수가 없다.

부모님 두 분 모두 살가운 애정 표현에는 서툴지만
내 걱정에는 둘째가라면 서러운 분들이다. 통화만 했다 하면 밥은 잘 먹고 다니는지, 용돈은 충분한지, 뭐 어려운 일은 없는지 걱정이 한가득. 때문에 종종 저쪽 수화기에서 "여보세요." 목소리가 나오자마자 선수를 친다. 밥도 맛있는 걸로 먹었고, 특별할 거 없이 오늘 하루도 괜찮게 지냈다고. 씩씩하게.

늦둥이 이제 다 컸습니다.
걱정하지 마세요.

나는 아무리 안 괜찮은 날에도

엄마 아버지 앞에서는 괜찮고 싶다.

내가 진짜 안 괜찮은 건

두 분이 내 걱정으로 가슴앓이하는 걸 테니까.

알약

으슬으슬, 신호가 온다.

아마도 며칠 앓아야 할 것 같은 느낌. 고생을 조금 덜 하려면 미리 진료를 받는 게 좋겠다 싶어 병원에 다녀온 길이다. 감기몸살 같은데 무슨 약이 이렇게 많은지.

알약을 입에 털어 넣는다.

물 한 모금 마시고 한입에 꿀꺽.

언제부터였을까?

이렇게 알약을 한 번에 삼킬 수 있게 된 것이. 꼬마였을 때는 몸이 아픈 것보다 약 먹는 것이 더 괴로웠다. 어른들은 이걸 어떻게 넘기는지 신기할 따름이었다.

숨을 크게 들이마시고 내쉬고,

단단히 마음을 먹고 알약 한 알을 입안에 넣는다. 물을 한 컵 모두 마셔도 넘어가는 것은 물뿐이고 알약은 목구멍 근처에서 꿈쩍도 하지 않았던 기억. 그 쓴맛이란……. 몇 번 그 짓을 반복하고는 알약을 미리 물에 녹였다가 단숨에 마시고 사탕으로 쓴맛을 달랬다. 이게 뭐라고 그 난리를 떨었는지.

언제부터 알약을 아무렇지 않게
꿀꺽 넘기게 된 것인지 모르겠다.
그저 언젠가부터 그렇게 됐다고밖에는
설명할 수 없는 일.

어른이 된다는 건 그런 걸까.

그렇게도 어렵던 일들이 어느새 이미 해결돼 있는.

특별히 애쓰지 않아도 자연스레 익숙해지는.

시간이 해결해준다는 말은 그런 게 아닐까.

나를 위한 사치

좀처럼 서산을 벗어나지 않는 아버지께서
얼마 전 서울에 다녀가셨다. 전화를 해선 대뜸 왕십리 근방에 있는 친구네 집에 있으니 별일 없으면 그리로 오라고. 무슨 일 있으신가? 반가움 반, 걱정 반으로 아버지를 만나러 갔다.

아버지와 아버지의 친구,
그렇게 중년 사내 두 분이 한창 저녁 식사 중이셨다. 아들 녀석이 인물이 좋다, 이 녀석이 언제 이렇게 컸나, 성격도 시원시원하니 맘에 든다, 그런 빈말에도 기분 좋아지는 것이 부모 마음인가 보다. 아버지 얼굴에 함박웃음이 번진다.

두 분의 자식 자랑은 주거니 받거니 계속됐다.
"우리 막내가 가끔 용돈도 줘. 지가 무슨 돈이 있다고……."
그 틈에 끼어 앉아 밥숟가락만 부지런히 움직이던 나는 무뚝뚝한 평소 모습과는 달리 대놓고 나를 칭찬하는 아버지의 모습에 살짝 당황스럽고 민망하면서도 은근 기분이 좋았다.

"잠깐 전화 한 통 하고 들어오겠습니다."
하고는 바깥으로 나왔다. 근처 어디에 현금지급기가 없나 두리번두리번. 10여 분 자리를 비운 사이 저녁상이 물러가고 찻상이 차려져 있었다. 아버지께 봉투를 내밀었다. 많지는 않지만 친구분과 오랜만에 만나셨는데 기분 좋게 회포 푸시라고. 아버지는 거절하지 않으셨다. 아버지의 어깨가 으쓱해진다.

가끔 부모님에게 용돈을 드린다.
얼마 되지 않는 액수다. 내 주머니 사정을 아는 친구들은 부모님에게 보탬이 되는 정도로 드리는 게 아니면 그렇게까지 할 필요가 있냐고 말한다. 괜히 생색만 내는 거 아니냐고. 제대로 된 효도는 성공해서 하면 되지, 좀 오버하는 것 같다고.

나도 안다.
내가 드리는 용돈이 부모님에게 큰 도움이 되지 않는다는 걸. 그럼에도 불구하고 아주 가끔, 적은 액수지만 부모님께 용돈을 드리는 이유는 사실 나를 위해서다. 금액이 많든 적든 막내아들에게 받는 용돈으로 잠시나마 아버지의 어깨가 펴지고, 어머니가 종일 싱글벙글 하시니까. 그 모습에 내 마음이 배불러지니까. 이를테면 나를 위한 사치.

두 번의 설거지

일회용 접시에 담겨 배달된 짜장면은
왠지 맛이 없다. 진짜 맛이 없다기보다는 손맛이 느껴지지 않는 느낌이랄까. 그 집이 아무리 맛집이라 해도 말이다. 그런데 제대로 된 그릇에 음식을 담아주는 집에서 배달시켜 먹어도 불만은 있다. 음식점이 아니라 엄마에게.

엄마는 다 먹은 짜장면 그릇을
깨끗이 설거지해 밖에 내놓으셨다. 어차피 음식점에서 다시 세척할 건데 뭐하러 그러냐고, 더군다나 배달부가 수거함에 넣으면 다른 그릇들이랑 섞여 다시 더러워질 거라고 거듭 이야기했지만 엄마는 한결같았다.

엄마와 둘이서만 저녁을 먹게 된 어느 날이었다.
"간단하게 시켜 먹을까?" 하고선 전화기를 들었다.

메뉴는 짜장면.

주소를 불러주지 않아도 되는 단골집.

그리 오래 지나지 않아 초인종이 울렸다.

"식사 왔습니다."

철가방에서 짜장면과 함께 군만두가 따라 나왔다.

"어, 짜장면만 두 그릇 시켰는데요……."

"서비스 드려야죠. 매번 깨끗하게 그릇 내주시는데."

배달원의 말꼬리에 정겨움이 묻어났다.

무뚝뚝해 보이는 인상이었지만 눈은 수줍게 웃고 있었다.

나는 어째서 먹다 남긴 음식물을

그릇째 내놓는 걸 당연하다고 생각했을까?

음식물 쓰레기가 유쾌한 사람이 어디 있다고.

엄마가 그릇을 씻어서 내놓더라도

가게로 돌아간 그릇은 다시 세척이 되겠지. 그러나 엄마의 배려는 '그릇 씻는 수고'를 덜어주기 위함이 아니었을 거다. 잘 먹고서는 맛있게 먹었다고 인사치레는 못할망정 음식물 쓰레기를 안겨주고 싶지 않았을 그 마음, 그리고 그 마음을 고스란히 전달받았을 배달원의 미소가 이제야 읽힌다.

돈을
번다는 것

올해 1월, 첫 책의 인세를 받았다.
대학 2학년 때 휴학을 하고 한두 달 아르바이트를 한 적이 있지만 그때를 제외하고는 이렇다 하게 돈을 벌어본 경험이 없다.
그런 내게 첫 인세는 상당히 큰 액수였고, 액수를 떠나 뭐라고 표현할 수 없는 뿌듯한 기분이 며칠이고 이어졌다.

이 돈을 어디에 쓰면 좋을까?
주변에선 큰돈 들어왔을 때 모아야 한다며
아껴 쓰라고 했다.
틀린 말은 아닌데 내 생각은 달랐다.

우선 부모님께 용돈을 드렸다.
가족들이 모두 모인 어느 날에 가족들 앞에서 두둑이 용돈을 드린 거다. 엄마는 아직까지 그 봉투 그대로 보관 중이시란다.

막내아들이 준 첫 용돈인데 어떻게 홀랑 써버릴 수 있냐고.

인세를 받고 얼마 후 자취방을 옮겼다.

덕분에 조금 더 넓고 쾌적한 공간이 확보됐다. 늘 친구들과 나누어 내던 술값을 내가 다 내보기도 하고, 비싸서 엄두도 못 냈던 레스토랑에도 가봤다.

내 힘으로

노력해 번 돈으로 부린 사치는 참 달콤했다. 내로라할 만큼의 큰 성공을 이룬 건 아니지만 내가 번 돈으로 내 생활을 꾸려간다는 것이 신기하기도 하고, 대견하기도 했다.

언젠가 내가 돈을 번다는 것이
너무도 당연해지는 날이 오겠지.
돈 버느라 지치고 힘든 순간도 찾아오겠지.
그럴 때 이 순간의 기분을 떠올려야지.
노력과 정성으로 내 생활을 꾸려간다는 것,
그 자체로 행복한 일이었음을.

가족사진

지난여름

부모님과 베트남으로 첫 해외여행을 다녀왔다. 3박 5일의 짧은 일정, 단체로 우르르 몰려다녀야 하는 패키지 상품이었지만 처음 보는 이국의 풍경, 화려한 리조트, 색다른 먹거리까지 내게는 하나하나 신기하고 신나는 것들이었다.

여행 내내

나는 그 모든 것들을 카메라에 담느라 무척이나 바빴다. 이따금 무리에서 뒤처지기도 했고, 자유 시간이 주어지면 부모님이 휴식을 취하는 동안 혼자서 그 주변이나마 구석구석 살펴보기도 했다. 그러다가 언뜻 고개를 돌려 부모님의 위치를 확인하는데 두 분이 덩그러니 벤치에 앉아 계신 모습이 눈에 들어왔다. 이것저것 찍어대기 바빴는데 정작 부모님의 모습을 담은 컷은 없다는 사실이 머리를 때렸다.

잘 해야지 다짐을 하고,
딴에는 잘 한다고 하는데 그럼에도 부모님에게는 내가 참 무심한 자식일지도 모르겠다 싶을 때가 있다. 바로 이럴 때다. 두 분께 미안한 마음과 부끄러움이 밀려왔다.

바로 부모님에게 다가가
카메라를 들이밀었다. 손사래를 치며 사양하시는가 싶었는데, 아니었다. 환하게 웃으며 카메라 렌즈를 응시하는 두 분. 놀랐다. 부모님이 카메라 앞에서 이렇게 환하게 미소 지으실 줄이야. 하기야 시도해본 적도 없으니…….

사진 속 부모님은 참 환하게 웃고 계신다.

새로운 것을 좇다가

정작 추억해야 할 소중한 순간을

놓치고 있진 않나요?

고해 성사

상처는 주는 것이 쉬울까,
받는 것이 쉬울까?

상처는 주지 않는 것이 어려울까,
받지 않는 것이 어려울까?

누군가 내게 상처를 준다 해도
받지 않으면 그만이다. 칼보다 날카로운 말을 휘둘러도 보란 듯이 받아쳐내면 그뿐. 누구도 나를 함부로 흔들지 못하도록.

그렇다면 나는 그 누구에게도 상처 주지 않을 수 있을까?
아무리 조심한다 해도 그건 쉽게 대답할 수가 없다.
전혀 의도치 않았다 하더라도.

상처는 아물겠지만 흉터는 남는다.

보이지 않지만 마음 깊숙한 곳에 자리하고 있을 흉터들.

내가 받은 상처를 가여워하던 어느 날,

문득 내가 줬을 상처들에 가슴이 철렁한다.

고해 성사가 필요한 시간.

당당한 아들이고 싶습니다

엄마 연배의 워킹우먼을 만난 자리.
그녀는 나를 보니 외국에 나가 있는 아들 생각이 난다고 했다. 그 아들은 나와 동갑내기였다. 그녀의 이야기를 들으며 나는 그 아들이 내심 부러웠다. 엄마는 성공한 워킹우먼이고, 그런 엄마에게 전폭적인 지원을 받으며 외국에서 공부하는 것까지 그의 모든 것이 부러웠다.

넉넉하지 않은 집안 형편을
탓해본 적은 없지만 나와 다른 환경에서 별 어려움 없이 지낼 그 친구가 부러운 건 어쩔 수 없었다. 나도 저런 부모님 밑에서 더 많은 지원을 받으며 외국 생활도 하고 그럼 좋겠다, 라는 생각을 하고 있는데 아무렇지 않게 뱉은 그녀의 한마디가 내 뒤통수를 쳤다.
"나는 한 인간으로서 내 아들을 존경해요."

이게 대체 무슨 말인가 싶었다.

엄마가 자식을 존중도 아니고 존경한다고? 내가 잘못 들었나, 고개를 갸웃거릴 무렵 그녀가 이야기를 이어갔다. 그녀의 아들이 대안 중학교 2학년 무렵, "엄마, 나중에 어른이 되면 세상에 긍정적인 영향을 미치는 사람이 되고 싶어."라고 했단다. 이후 대안 고등학교를 졸업하고 남들보다 뒤늦게 대학에 갈 마음을 먹었을 때는 조금 더 구체적으로 기아 대책과 전쟁 방지 활동을 하고 싶다고 했단다. 아들의 이야기를 들으며 엄마인 그녀는 몹시 부끄러워졌단다. 그녀 자신이 돈과 성공만을 좇아 살아온 것도 아니었고, 더불어 사는 삶이 가치 있다고도 여겨왔지만 스스로 생각했던 것만큼 적극적으로 실천하는 삶은 살지 못했던 것 같아서. 그러저러한 일들이 쌓여 그녀는 아들을 존경하는 마음이 생겼고, 닮고 싶다는 생각도 들었단다.

문득, 엄마 얼굴이 떠올랐다.
부모님께 받지 못한 것들을 아쉬워하고 아주 가끔은 원망도 했었다. 그러나 정작 내가 그분들께 어떤 아들인지는 생각해본 적이 없었던 것 같다. 가정형편을 탓하며 방황하고 부모님을 속상하게 했던 학창 시절의 내가 떠올랐다.

존경받는 아들까지는 아니더라도
엄마 앞에 당당한 아들이 되고 싶다. 어떻게 하면 당당한 아들이 될 수 있을까? 한참 생각하다 내린 결론은 무엇보다 나 스스로에게 먼저 당당한 내가 되어야 한다는 것.

상처는 ______ 잴 수 없다

크지 않아도 손에 난 상처는 쉽게 낫지 않는다.
잠시도 손을 쓰지 않고는 생활할 수 없으니까.
때문에 상처는 덧나고, 생각보다 오래간다.
마음에 난 상처도 마찬가지.

자주 상처받는 사람이 있다면
그만큼 마음을 많이 쓰는 사람이라는 뜻일지도.

크고 작음으로 상처의 정도를 재단할 수 없다.
손에 난 상처처럼, 마음에 난 상처처럼.

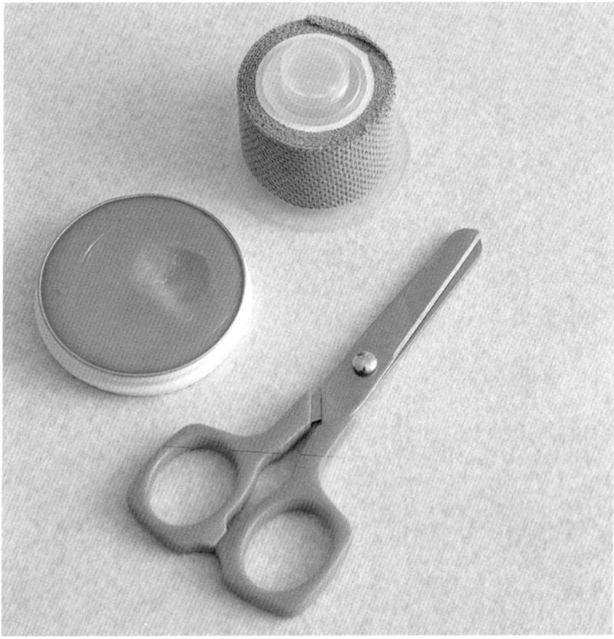

눈물을 참은 대가

한 여자가 있다.
그녀는 아버지를 잃고도 슬픔과 눈물을 삼켰다.
그녀에게 슬픔은 숨겨야 하는 것이었고,
눈물은 참아야 하는 것이었다.
그런데 그 눈물이 쌓이고 슬픔이 고여
가슴 안에서 고름이 되었단다.
그 후 그녀는 온몸이 아팠다.

그녀 한 사람의 이야기가 아니다.
사람들은 잘 울지 않는다.
아니, 어른들은 잘 울지 않는다.

나약해 보이기 싫어서.
나약해지기 싫어서.

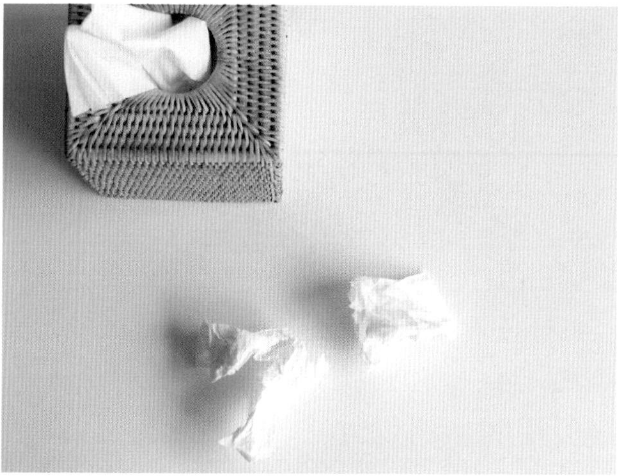

그런데 가끔 이런 생각이 든다.

몸에 열이 올라 땀이 나는 것처럼

마음에 열이 나면 눈물이 흐르는 게 아닐까?

그 눈물을 참으면 가슴에 열이 들끓어

결국 더 아픈 건지도 모르겠다고.

지금 눈물을 참고 있는

그 누군가에게 말하고 싶다.

기꺼이 울자고.

눈물을 참아야 할 만큼

가치 있는 것이 무어냐고.

06

당연한 줄 알았던 것들

흔한 약속

한동안 친하게 지내다가
특별한 이유 없이 조금씩 멀어진 친구가 있다.
'가장 친한 친구'가 바뀌는 건
'가장 친한 시기'에 유통기한이 있기 때문인 걸까?

그런 건 아닌 것 같다.
붙어 다니지 않는다 해도
그래서 '가장'이라는 수식을 뗀다 해도
'친구' 사이라는 데에는 변함이 없으니까.

한 달 전 즈음이었다.
한때 '가장' 친했던 그 친구에게서 오랜만에 연락이 왔다. 문득 생각이 났다고. 얼굴 본 지 꽤 된 것 같다고. "시간 날 때 한 번 보자."는 친구의 말에 나 또한 흔쾌히 그러자고 대답했다.

아직 그 친구를 만나지 못했다.

'한 번 보자.'는 표현이 언제부터인가 인사치레가 된 듯하다. '밥 한 번 먹자.'는 말도 마찬가지. 안부를 주고받을 때 하는 관용적 표현, 꼭 실천하지 않아도 될 말이 된 것 같다. 휴대전화나 메신저를 일상적으로 사용하게 된 영향이 크겠지. 언제든 원하는 사람과 직접 연락을 주고받을 수 있으니까.

약속은

지켜야 하는 것에서 언제든 '변경' 또는 '취소' 가능한 것이 됐다. 때문에 마음에도 없이 기약 없는 약속을 하고, 대충 그렇게 넘어간다. 어렸을 때는 내가 좋아하고 친하게 지내는 사람이 우선이었다면 지금은 친해지면 좋은 사람이 우선이 된 것만 같아 괜히 서글픈 생각이 든다.

사회생활, 인간관계가 중요하다고는 하지만
좋은 평판을 받고 모든 이에게 '좋은 사람'이 되기 위해 내 마음의 에너지를 1/n로 나누고 살아가는 건 아닐까? 아는 사람은 더욱 많아졌지만 나는 때때로 외롭다.

특별한 일이 없는 날에도
"밥 먹자." 하고 밥 먹듯이 불러내던 친구였다. 심심하다고 하면 "나도." 하며 어디선가 만나 함께 시간을 죽이던 친구였다. 공부하는 분야가 달라지고 하는 일이 달라지면서 서로에게 소원해졌지만, 잊을 만하면 누구라도 먼저 잘 살고 있는지 안부를 묻게 되는 걸 보면 그것 또한 신기한 친구 사이.

오늘은 내가 먼저 연락을 해봐야겠다.
"밥 한 번 먹자."가 아니라 "오늘 시간 어떠냐?"라고.
녀석에게 내뱉은 "밥 한 번 먹자."라는 말이
데면데면한 누군가가 스치듯 내뱉는 말과
그 무게가 같다면 무진장 서운할 것 같으니까.
설마 아니겠지?

잠깐이라도 볼 수 있으면
그 곱절로 기다려야 하더라도
오늘은 그 친구를 봐야겠다.

3
2
1

보고픔을 표현하기에 가장 좋은 때는

'다음'이 아니라 바로 '지금' 일 때가 많다.

필요가 있는 ______ 사람

"재는 저 필요할 때만 연락하더라."
어딜 가나 꼭 그런 사람이 있다.
필요할 때만 연락하는 사람,
그리고 그런 사람에게 대놓고 말은 못 하고
뒤에서 투덜거리는 사람도.

그저 안부 인사라도
먼저 연락하는 법이 없던 사람이 어느 날엔가 뜬금없이 연락을 해서는 뭔가를 부탁하거나 아니면 자기 하고 싶은 말만 쏟아 부을 때가 있다. 반갑기도 하지만 괘씸한 기분이 들기도 한다.

나는 어느 쪽일까?
괘씸하기보다는 반가울 때가 더 많다. 아니, 고맙다고 해야 할까? 내 생각이 났다는 것, 나에게 도움을 청한다는 것, 내가 힘이 될 수 있다는 것, 그 모두가 고마운 일이다.

누군가에게 필요가 있는 존재라는 건
얼마나 뿌듯한 일인가!
그래, 나 꽤 괜찮은 인간인 거야.

A friend in need is a friend indeed.
진정한 친구란
실제 도움이 필요할 때 도와주는 사람,
이라는 뜻의 서양 속담처럼
나는 누군가에게 기꺼이 필요한 사람,
그래서 무심코 찾게 되는 사람이고 싶다.

동행

그게 뭐든 난 익숙한 게 좋다.
가령 약속 장소를 잡을 때에도 "어디 괜찮은 데 없어?"라고 묻기보다 "지난번 거기서 보자."라고 말할 때가 많다. 행동반경이 좁은 편. 때문에 낯선 동네에서 약속이 잡히면 아주 곤혹스럽다. 번번이 길을 헤매느라.

휴대전화에 '길 찾기' 애플리케이션도 있지만
어쩐지 그건 내키지 않는다. 일단 버스나 지하철에서 내려 주변을 쭉 둘러본 다음 낯선 이에게 길을 묻는다. 그런 나를 보고 주변에서는 '옛날 사람' 같다고 놀리기도 한다.

길을 물을 때 사람들의 반응은 제각각이다.
대꾸도 없이 지나치는 사람이 있는가 하면, 종종걸음을 멈추지 않고 대략의 방향을 짚어주는 사람도 있다. 그런가 하면 마치 자신이 갈 곳인 양 본인 휴대전화로 길을 검색해 보여주는 사람도 있다.

그날도 나는
낯선 길가에서 누군가를 귀찮게 할 참이었다.
"혹시, ○○빌딩이라고 아세요?"

대략의 방향만 알려줘도 충분하겠다 싶었는데
그의 반응은 뜻밖이었다. 마침 그쪽 방향으로 가는 길이니 같이 가자고 했다. 얼떨결에 하게 된 낯선 사람과의 동행. 속으로 괜히 물어봤나 하는 생각이 들 만큼 어색한 침묵이 흘렀다.

먼저 말을 건넨 건 그쪽이었다.
무슨 일로 가는 거냐고. 질문과 답이 오갔다. 물꼬가 트이자 대화는 자연스럽게 이어졌다. 오늘 별이 참 좋네요, 같은 특별할 것 없지만 이상할 것도 없는.

낯선 동네, 낯선 사람이었지만
그와 함께 걸었던 그 10분여는 꽤 친숙했다.

이후로도 나는 꽤 자주 낯선 이에게 길을 묻는다.
달라진 것이 있다면 누군가 내게 길을 물을 때 나 역시 그날의 그처럼 함께 걷는 일이 많아졌다는 거. 그날 그에게서 받았던 친절을 그의 방식으로 보답한다.

한마음 목욕탕

서산 고향집에 내려갈 때마다
반가운 것 중 하나가 ○○탕이라는 간판을 달고 있는 대중목욕탕이다. 서울에서는 좀처럼 보기 힘든 목욕탕 굴뚝이 정겹게 느껴진다. 터미널에서 집으로 가는 길에도 그런 목욕탕이 하나 있다.

한마음 목욕탕.
목욕탕을 지나는데 목욕 바구니를 들고 잰걸음을 걷는 아주머니 뒤로 몸을 배배 꼬는 어린아이 하나가 눈에 띄었다. 안 가겠다고 버티고 버티다가 엄마에게 싫은 소리 폭탄을 맞고 겨우 따라나선 길이겠지. 꼭 어릴 적 내 모습을 보는 것만 같아 웃음이 났다.

어렸을 땐 목욕탕 가는 게 왜 그렇게 싫었을까.

한 달에 한 번이었다.
아버지의 으름장을 이기지 못하고 목욕탕으로 끌려가던 것이.

대충 비누칠을 하고
물 몇 바가지 끼얹으면 충분한데 아버지에게는 어림없는 일이었다. 뜨겁다 못해 따가운 열탕에 10분이고 20분이고 들어앉아 시원하다고 하시질 않나, 그걸로 모자라 숨이 콱 막히는 사우나까지.

내가 밀 때는 나오지 않던 때가
아버지가 밀면 어찌 그리 돌돌 굴러 떨어지는지 알다가도 모를 일이었다. 한 시간을 겨우 버틴 내가 먼저 몸을 헹구고 나온 뒤로도 아버지는 한참을 그 갑갑한 목욕탕 안에서 꿈쩍 않으셨고, 그럼 나는 목욕탕 평상에 앉아 TV를 보며 시간을 죽였다.

장장 두 시간에 걸친 목욕을 끝내고
집으로 돌아가는 길, 아버지는 슈퍼에 들러 초코 음료 하나를 사주시곤 했다. 제티. 맛이 다를 리가 없지만 나는 그 어느 때보다 목욕 후에 마시는 제티가 좋았다. 목욕의 고통을 잊게 하는 그 달콤한 맛. 세상 달콤했던 추억.

지난겨울
고향집에 갔을 때 욕실 한쪽 구석에 있는 등밀이 때수건을 보고는 마음이 짠해졌다. 아들이 셋이나 되지만 이젠 아들들이 함께 목욕을 가자고 해도 아버지는 번잡한 게 싫다고 한사코 거절하신다.

어쩌면 나 어릴 적에도
당신 혼자 목욕을 다녀오는 게 훨씬 편했을지 모르겠다. 붙잡아놓고 먼저 씻겨야지, 등을 좀 밀라고 맡겨도 건성건성 했으니 아버지의 목욕시간은 길어질 수밖에 없었을 거란 생각이 이제야 든다. 다음엔 "됐다." 하셔도 꼭 함께 목욕탕에 가야겠다.

“저 다 컸잖아요. 등밀이보다는 아들 손이 낫죠.

이젠 아버지가 아프다고 도망가실지도 몰라요.”

실없는 농담도 해봐야지.

잊어주세요, ______ 생일

7월. 나의 생일 월간.
생일을 핑계로 친구들과 몇 번이고 파티를 하는 시기다. 생일이 되기 전에도, 생일이 지나고 나서도. 앞뒤 꽉 채워 한 달, 생일 월간.

그런데 지난해 생일에는
예전과 다르게 기분이 나질 않았다. 대체 왜 그런지 모르겠다 싶었는데, 식구들 생일을 꼬박꼬박 챙기던 엄마가 이 막내아들 생일을 완전히 잊은 거다.

아침 일찍 전화를 해서
"미역국도 못 먹고 어쩌지?" 했어야 할 엄마에게서 해가 저물도록 소식이 없었다. 엄마도 일하느라 바쁜데, 하며 스스로 달래봤지만 서운한 마음이 가시질 않았다.

"엄마, 오늘 내 생일인데, 까먹었나 보네?"
결국 엄마에게 전화를 걸어 서운한 티를 냈다. 그제야 아들 생일이 기억난 엄마. 얼마나 미안해하시는지 오히려 내가 당황했다. 이런 걸 바란 게 아닌데.

내가 태어난 해에 엄마는 스물두 살이었다.
지금의 나보다 몇 살이나 어린 나이. 성숙한 여인이라기보다는 앳된 얼굴이 남아 있었을 때에 나를 낳아 밤낮으로 어르고 달래고 했다는 이야기다. 그 모습을 떠올리니 내 생일은 엄마가 나에게 미역국을 끓여 축하해주어야 하는 날이 아니라 내가 엄마에게 감사해야 하는 날이어야 말이 된다.

다음 내 생일, 엄마가 또 깜빡 잊었으면 좋겠다.
그럼 이렇게 전화를 드려야지.

"엄마, 나 낳고 키우느라 그동안 많이 힘들었지?
마음은 안 그런데 표현을 많이 못했어.
고맙습니다. 그리고 정말 사랑합니다."

아들 노릇

엄마는 내가 초등학교에 입학하던 즈음부터
휴대전화를 사용하셨다고 한다. 그 또래 어린애들이 그렇듯 엄마의 휴대전화는 자연스레 나의 장난감 역할을 했다.

버튼을 똑딱 누르면
삑삑 소리가 나는 신기한 물건. 요즘처럼 갖가지 동영상이 나오는 것도 아니었는데 괜히 만지작거리고 싶었던 물건. 지금 보면 엄청 단순한 기능의 휴대전화인데도 어린 내 눈에는 그게 그렇게 재미있어 "엄마 이거 누르면 어떻게 돼?", "엄마, 이거 봐! 여기서 소리가 나!" 쉴 새 없이 묻고, 감탄하고, 또 묻고, 또 감탄하곤 했다.

시간이 많이 흘러 요사이
한 번씩 고향집에 내려가는 날이면

엄마는 내 옆에 바짝 붙어 앉아
"있잖아, 휴대전화 배경화면은 어떻게 바꿔?"
"버스 노선도 휴대전화에 뭘 깔면 알 수 있다던데……."
"한 번씩 버튼을 아무리 눌러도 꿈쩍을 하지 않아서……."
이런 투정 아닌 투정을 흘린다.

눈 뜨면 새로운 브랜드에서 새로운 제품이 쏟아진다.
엄마가 나이 드는 속도보다 더 빠르게.
"아이고, 내가 늙긴 늙었네."
혼잣말을 하는 엄마.

'엄마, 그게 아니라
이제 내가 엄마한테 갚을 차례인 거야.'

이렇게 어른이 될 때까지
별별 귀찮은 질문도 다 받아준 엄마에게
오늘은 살가운 아들 노릇을 해본다.

조카 바보

열세 살 차이가 나는 큰형은

내가 중학교 1학년 때 결혼을 했다. 덕분에 나는 또래보다 조금 일찍 삼촌이 됐고, 동시에 '조카 바보'가 됐다.

조카는 모두 셋.

하나같이 소중한 아이들. 내내 뚱한 표정을 하고 있지만 늘 삼촌 곁을 맴도는 첫째 조카, '엄마 바라기'면서도 고집이 어마어마하게 센 둘째 조카, 그리고 여자 아이처럼 예쁘장한 외모에 애교 만점인 막내 조카까지. 저마다 예쁜 구석이 있는 아이들.

어느 날 형수님으로부터

뜻밖의 이야기를 들었다. 어린이집에 다녀온 막내 조카가 평소와 달리 시무룩한 얼굴로 이렇게 웅얼거렸다고.

"엄마, 나도 마스크 쓰고 싶은데……."

막내 조카는
보통 아이들보다 엄마 뱃속에서 조금 일찍 세상에 나왔다. 조산. 그 영향인지 한쪽 귀가 온전히 형성되지 못한 채로 태어났다. 자그맣게 상처처럼 남아 있는 귀의 자리. 때문에 마스크 고리를 귀에 걸 수가 없다.

친구들과 다르다는 것,
다르기만 한 것이 아니라 자신이 노력해도 할 수 없는 일이 있다는 것을 너무 일찍 알게 된 아이의 심정은 어떨까? 결국 아이는 울음을 터뜨렸다. 그 모습을 바라보던 형수님도, 그 이야기를 들은 나도 속상하고 아픈 마음을 말로 다 내뱉지 못했다.

원하는 건 뭐든
다 들어주고 싶을 만큼 예쁜 조카인데. 누가 조카 바보라고 놀려도 그 말에 기분이 더 좋아질 만큼 소중한 조카인데. 앞으로 더 많아지겠지. 그 아이의 잘못이 아닌 타고난 장애 때문에 받게 될 따가운 시선들. 장애는 나와 먼 이야기라고 생각했는데 머릿속이 멍해졌다. 주변을 다시 보게 된다. 무지했던 것보다 무관심했던 것이 더 아프게 다가온다.

의학 기술이 좋아져
겉보기에 티가 나지 않을 정도로 정교하게 귀 재건 수술이 가능해졌다고 한다. 좀 더 크면 조카도 그 수술을 받아야겠지. 조카의 귀가 보통의 사람들처럼 온전해진대도 지금의 이 감정은 쉽게 지워질 것 같지 않다.

언제고 든든한 삼촌이 되어줄게.
언제고 다정한 어른으로 곁에 있을게.

내가 몰랐던 것

아버지가 병원에 입원한 날이었다.
심각한 지병이 있는 건 아니었고, 비교적 간단한 수술이 필요하다고 했다. 입원 후에는 검사와 수술로 당분간 절식을 해야 한다는 말에 입원 수속 전 아버지와 함께 식사를 할 참이었다. 무심결에 "아버지, 뭐 드실래요?"라고 묻고 나서야 아버지가 어떤 음식을 좋아하시는지 전혀 모르고 있음을 깨닫는다.

더 당황스러웠던 것은
입원 수속을 하고 병실에 들어가서다. 환자복을 입고 침대에 걸터앉은 아버지. 그러나 여전히 구두를 신고 계셨다. 병원은 호텔이 아니었다. 병실에서 신을 슬리퍼가 필요했다. 슬리퍼를 사러 근처 마트에 갔다가 나는 머리가 새하얘졌다. 급히 엄마에게 전화를 걸었다.
"엄마, 아버지 발 사이즈가……."

병실로 돌아가 다시 아버지를 마주했다.
스무 살이 넘도록 아버지가 좋아하는 음식도, 아버지의 발 사이즈도, 아무것도 모르고 있었던 내가 지금 눈앞에 마주한 이 남자의 아들이 맞나, 하는 생각이 들었다. 아버지는 어떤 삶을 살아왔을까? 어디 크게 잘못된 것이 아니라는데도 환자복을 입은 아버지의 모습에 가슴이 아려왔다.

내 생의 첫 순간부터
내 곁에 있었던 그. 아버지이기 전에 나이 예순을 넘긴 한 남자.
나는 주름 팬 아버지의 얼굴을 오래도록 바라봤다.

07

오늘을 오늘답게

지나간 것은 지나간 대로

계절 변화 중 가장 드라마틱한 순간은
여름에서 가을로 넘어갈 때가 아닐까. 세차게 비가 내리고 며칠 밤사이 거짓말처럼 폭염이 물러간다. 그럴 때면 그 무덥던 여름이 지나감에 기뻐해야 하는데 막상 또 그렇지도 않다.

지나간 것은 지나간 대로
그런 의미가 있다는 노랫말. 무엇이든 지나가면 그것대로 의미가 생기곤 한다. 때문에 아련해지는 시간들. 그것이 폭염이든, 날 무던히도 괴롭히던 인연이었든.

무더위 속에 첨벙댔던 바다는
그렇게도 신이 났고, 질기던 인연 중에도 행복한 기억들은 있다. 결국 우리들은 모든 지나가는 것들에 대하여 아쉬워하며 살아갈 수밖에 없는 운명인지도 모르겠다.

지나간 것의 의미를 되짚으며 비로소 알게 된다.

내가 그 순간들을 얼마나 치열하게 살아왔는지.

고생했다, 충분히!

나의 서울, 나의 애슐리

충남 서산에서 자랐던 청소년기에
나는 마냥 서울을 동경했다. 친구들과 모여 뭐 재미있는 거 없나 궁리를 할 때면 1순위는 늘 '서울행'이었다. 딱히 구체적인 계획이 있었던 것도 아니었고, 서울에 올라가서도 이렇다 하게 한 것이 없었지만 말이다. 그저 서울에서 놀다 왔다는 것만으로 좋았다.

그렇게 서울에 놀러 간 날이면
우르르 프랜차이즈 패밀리 레스토랑 '애슐리'에 몰려 들어가 시간을 보냈다. 충남 서산에는 없는 곳, 서울에 가야만 먹을 수 있는 음식. 당시 나에게 애슐리는 서울과 동의어였다.

6년 차 서울의 이방인.
고향 친구들을 만나면 "우리 애슐리 한 번 가야지?"라고 인사치레를 하지만 나는 더 이상 애슐리에 가지 않는다. 애슐리는 이제 나의 서울이 아니다.

'서울에 가는 것'이
서울행의 유일한 목적이었던 이유는 서울에 대해 아무것도 몰랐기 때문이다. 텔레비전을 통해서만 경험할 수 있었던 서울은 그 크기와 변화무쌍함이 도저히 가늠이 되지 않는 곳이었다.

보고 또 봐도
헷갈리기만 하던 지하철 노선도가 이제는 머릿속에 저장되어 어디를 가든 자연스럽게 환승을 하고, 얼마쯤 걸릴지도 계산이 된다. 고향 친구들이 "너, 거기 가봤어?"라며 드라마 속 장소를 물어보면 짐짓 뻐기듯이 자랑할 만큼 꽤나 익숙해진 서울에서의 일상. 서울 사람 다 됐네.

설레는 마음은 예전만 못하지만
나는 지금 이 거대한 도시 서울에 조금씩 뿌리를 내리고 있다. 도시의 구석구석이 익숙해질수록 내가 할 수 있는 것들, 내가 하고픈 것들이 뚜렷해진다. 그저 상상하는 것에 그치지 않고 내가 원하는 걸 하나하나 해나갈 수 있게 된 거다. 고향집이, 엄마가 해주는 집밥이, 허물없이 까불까불 어울릴 수 있는 친구들이 그리울 때도 많지만 내 꿈을 실현 가능케 하는 곳은 바로 이곳 서울.

오늘도 기운차게 수많은 인파 속으로 걸어 들어간다.
처음 애슐리에 갔던 그 순간을 되새김질하며.

혼자서도 포근하게

주말 아침에서 점심 사이
특별히 외출 계획이 없는 날이면 자연스레 창문 너머 소리에 귀를 기울이게 된다. 이웃집에서 흘러나오는 왁자지껄한 텔레비전 볼륨과 그에 엉겨 붙은 청소기 소리, 골목을 지나는 배달 오토바이의 울림과 외출 준비를 하는 가족들이 분주히 문단속하는 소리. 그 틈에 길고양이들은 쓰레기 더미를 넘어 담벼락을 긁는다.

보이지 않지만 눈에 훤한 일상의 모습들.
그럼에도 창문을 열고 확인하고픈 모습들. 혼자 살면서부터 참 별것도 아닌데 괜히 반가운 소리들이 생겼다. 조금은 단조로운 일상에 의도치 않은 조미료처럼 짜게, 달게, 때로는 고소하게 배어드는 소리들.

나른한 주말 오후,

조금 오래도록 누워 그 익숙한 소리에 몸을 맡긴다.

침대 매트리스보다 더 폭신한 공기가 나를 둘러싼다.

혼자 누워서도 포근한 주말을 보내는 방법.

나를 청소한다

머리가 지끈거린다.
어제의 기억이 흐릿하다.
과음을 하고야 말았다.

그건 내 의지가 아니었다.
한 잔이 두 잔이 되고, 두 잔이 세 잔이 되고…….
술이 술을 불렀다.

죽겠다는 듯 신음소리를 내며 몸을 일으킨다.
마구잡이로 벗어놓은 옷가지.
잠결에 발로 차버렸는지 방구석에 가 있는 이불.
형편없이 바닥에 널브러진 물건들.
한숨이 나온다.
그러나 아직 방심해선 안 된다.

클라이맥스가 남아 있다.

지갑과 휴대전화.
일단 지갑은 책상 위에 얌전히 자리를 지키고 있다.
휴대전화는? 침대 밑에서 찾았다.
어쩌다 그 밑에 들어가게 됐는지 알 수 없지만…….

방전된 휴대전화를 충전한다.
'제발 아무 일도 없어라.'
이럴 때는 하느님 소리가 절로 나온다.
그러나 내 기도는 씨알도 먹히지 않았다.
휴대전화의 '최근 항목'이 아주 난장판이다.
어찌나 기분파인지 술값을 모조리 계산했다.
덕분에 생활비 폭탄을 맞았고,

말도 없이 사라졌는지 부재중 전화가 10여 통이나 된다.
결정적 한 방은 오래전에 헤어진 그녀에게 전화를 한 것.

죽고 싶다.
딱 그런 심정.
뜨문뜨문 기억이 나지 않는 순간들이 더 두렵다.
대체 무슨 짓을 한 거지.
친구들에게 듣게 될 어제의 내 추태가 두렵다.
방 꼬락서니가 마치 너덜너덜한 내 모습 같아서

말 못할 짜증이 치솟는다.

안 되겠다.
청소를 해야겠다.

떨어지고 널브러진 것들을 주섬주섬 챙기고,
이불 구김도 쫙 편다.
시작한 김에 빨래도 돌린다.
의도치 않은 대청소.
모든 것들이 제자리를 찾기 시작한다.

그렇게 어지러운 머리도,
속상한 마음도 조금씩 정리가 된다.
이런 걸 '스페이스 클리어링'이라고 한다나.

주변을 정리함으로써 나 자신을 정화시키는 것.

자, 이만하면 됐다.

이제 부재중 전화에 답을 할 차례다.

괜찮을 거라고 주문을 외우며.

아이처럼

서산 고향집에 내려갔다가
서울로 돌아오는 날이었다. 아버지께서 기어이 서울까지 데려다주시겠단다. 아버지 혼자 서산으로 다시 내려가실 게 걱정되었는데 첫째 조카까지 따라나선다. 그렇게 서울 나들이 당첨!

할아버지가 된 아버지와
열두 살 첫째 조카 그리고 나. 그렇게 시산 남자 셋, 삼대가 나란히 한강을 따라 걸었다. 햇볕은 제법 따가웠지만 살랑살랑 불어오는 강바람은 콧바람 쐬기에 딱 좋았다. 궁금한 것 많은 조카는 서울이 신기한지 이것저것 질문하기 바쁘다.

"삼촌, 한강은 바다야?"
"삼촌, 강 위로 기차가 지나가네?"
귀여운 녀석의 귀여운 질문.

기분 좋은 산책이었다.
그러던 중에 허를 찌르는 질문 하나가 있었다.

"할아버지, 근데요, 천국이랑 지옥은 어디에 있어요?"
"어디에 있긴, 네 마음속에 있지."
"에이. 그게 뭐예요."
"진짜야. 마음먹기에 따라 세상이 천국이 됐다가, 지옥이 됐다가 그래."

손자의 뜬금없는 질문에
할아버지의 현답. 이따금 겉으로는 웃고 있어도 마음이 지옥 같을 때가 있다. 별 탈 없이 잘 지내고 있는데도 그냥 막 불안한 기분. 뭐라도 해야 할 것 같은 기분. 나만 뒤처져 있는 것만 같은 기분.

조카를 물끄러미 바라봤다.

눈앞에 보이는 것들이 궁금해 질문을 퍼붓는 아이.

하나하나 알아갈 때마다 고개를 끄덕이고 웃는 아이.

지금 이 순간을 있는 그대로 받아들이고 있는 아이.

지금 가장 행복한 사람.

오늘을 만끽할 수 있는 사람이 되어야지.

이 아이처럼.

SNS 디톡스

가끔 내 SNS 계정을

비활성 모드로 전환해둘 때가 있다. 하루를 SNS 알림 확인으로 시작해 SNS를 보다 잠드는 모습에 스스로 놀라서. SNS가 내 하루를 삼켜버릴 만큼의 가치가 있을까, 하는 의심이 들어서. 종일 누군가의 소식을 훔쳐보고, 또 나는 남들에게 어떻게 비칠까를 궁금해하며 휴대전화 속에 갇혀 산다는 생각 때문에.

처음 며칠은

불안했다. 무슨 특별한 일이 있는 것도 아닌데 사람들의 그때그때를 수시로 확인해야만 할 것 같고, 나 없이도 잘 돌아가고 있는 세상 속에서 소외받는 기분도 들었다. SNS에서 해방되었지만 나는 도리어 초조해졌다. 내가 지금 어디에서 살아가고 있는 건지 혼란스럽기까지 했다.

나만 그런 건 아닐 거다.
많은 사람들이 SNS를 매개로 전과 다른 새로운 관계를 맺고 있다. 실제 아는 사이가 아니더라도 SNS상에서는 누구나 친구가 될 수 있다. 현실에서는 가까이 다가갈 수 없는 유명인사와도 친구가 된다. 그리고 착각에 빠진다. '서로'가 이제 아는 사이라고. 실은 나만 그를 엿보고 있고, 그러느라 내게 주어진 여유시간을 죄다 써버리고 있는데도.

SNS를 멀리하게 된 날을 SNS 언어로 기록한다면,

아마도 이런 해시태그를 달게 될 것 같다.

#SNS디톡스

SNS 디톡스가 조금 익숙해지자
불안하던 마음이 잦아들었다. 여유가 생겼다.
잠시 눈을 감고 있는 것만으로도 개운한 느낌이 들었다.

SNS가 필요할 때도 있고,

생활에 활력이 되는 순간도 있다.

그러나 너무 얽매이지는 말자.

진짜는 휴대전화 속이 아니라

내가 보고, 듣고, 느끼는

현실 속에 있으니까.

종일 휴대전화만 들여다보고 있다가는 어쩐지

딱 그 화면 크기만 한 사람이 될 것 같았던 날

나는 휴대전화를 덮고 기지개를 켰다.

12월 31일

연말이 되면
모두들 어서 빨리 한 해가 마무리되고 새해가 밝아오기를 기다리는 것만 같다는 생각이 든다. 어째서일까. 올 한 해 그렇게 열심히 살았으면서……. 실수도 있었고, 후회되는 일, 아쉬운 일도 있었겠지만 분명 기쁘고 행복했던 날도 많았을 텐데.

12월 31일.
나는 친구 몇과 케이크 하나를 앞에 두고 모여 앉는다. 자정에 맞춰 함께 카운트다운을 외치고 촛불을 끈다. 그리고 새해 소원 대신 지난 한 해 수고한 나를 다독인다. 잘 살아왔다고. 앞으로도 잘 해나갈 수 있을 거라고.

다가올 12월 31일에도 나는
새해 일출을 기다리는 무리 틈에서

조금 더 길게

한 해의 마지막을 누리겠지.

그깟 눈

밤이 늦었는데
"카톡, 카톡" 카카오톡 알림창이 난리다. 밖에 눈이 펑펑 온단다. 눈이 오는구나, 창문을 열어보고 싶지만 이불 밖으로 나가지 못하고 다시 잠이 들었다.

"엄마, 눈! 눈!"
아침잠을 깨운 건 동네 꼬마들의 들뜬 목소리.
아, 꿈을 꾼 게 아니었구나.

친구들의 호들갑이 생각났다.
창문을 열어 골목길을 내다본다. 길가에 나란히 서 있는 눈사람 가족. 돌멩이로 두 눈을 만들고, 나뭇가지로 팔을 만들었다. 눈이 오면 그저 신이 나 옷이 다 젖는 줄도 모르고 눈 위를 뒹굴었던 꼬맹이 시절이 떠오른다.

그러고 보니 요사이는
어렸을 때만큼 눈이 반갑지는 않았던 것 같다. 우산을 써야 하나 말아야 하나, 자칫 넘어지기라도 하면 아픈 것보단 부끄럽고, 비 오는 날 이상으로 신발이 축축하게 젖어들곤 하니까. 그런 건 아무래도 괜찮았던 때가 있었는데……. 어쩐지 시시한 어른이 된 것 같다.

문득 판타지 영화
〈닥터 스트레인지〉의 한 장면이 떠올랐다. 등장인물 중 신비로운 힘으로 수천 년을 살아온 마법사 '에이션트 원'이 전투 끝에 죽음을 맞는 장면. 눈이 내리는 가운데 그녀는 이렇게 말한다.

"수천 년을 살았는데 이깟 눈을 좀 더 보겠다고
내 남은 힘을 다해 시간을 늘리고 있어."

눈을 보고 있으면서도

눈이 그리운 날이었다.

저마다의 이유로 뒤돌아볼 새 없이

부지런히 살아가는 우리들이지만

어쩌면 그깟 눈,

그것으로 충분할지 모른다.

다그치지 않고 다스리기

요 며칠 새
해야 할 일은 산더미처럼 쌓였는데 도무지 진척은 없고, 그 와중에 소원해졌던 누군가와는 엉뚱한 오해가 불거져 예기치 못한 언쟁을 벌였다. 친구 하나를 붙잡고 마음이 너덜너덜해졌다고 하소연을 했다. 그런데 그 친구의 말.
"그게 아니라 네가 지쳐 있어서 일이 다 꼬인 건 아니고?"

마음은 보이지도 않거니와
신체의 일부처럼 그 상태를 확인할 수도 없다. 마음이 지쳐가는 것을 어떻게 알아차릴 수 있을까? 그렇기에 마음에 휴식이 필요하다는 걸 알아차리지 못한 채 스스로에게 마음을 다잡으라고 채찍질을 하는 것일지도.

바쁘다, 바쁘다,

대신에

바쁠 것 없다, 바쁠 것 없다,

주문을 외운다.

그렇게 마음을 다그치지 않고

시간을 다스린다.

오늘을 산다는 것

지나온 아름다웠던 순간들을 굳이 복습하지 않고,
다가올 빛나는 순간들을 애써 점치지 않으며
그저 오늘을 삽니다.
- 이석원 산문집 〈언제 들어도 좋은 말〉 중에서 -

순간 멍해졌다.
나만 그런가?
대부분의 사람들이 과거는 자책하고,
미래는 불안해하지 않나?

학창 시절 공부를 좀 더 열심히 할걸,
할머니 살아 계실 때 살가운 손자 노릇 좀 할걸,
헤어진 연인에게 더 잘해줄걸,
후회로 가득한 지난날.

글을 쓰면서 제대로 밥벌이를 할 수 있을까?
사람들이 인정하는 좋은 작가가 될 수 있을까?
글 쓰는 일이 혹여나 싫증 나면 어떡하지?
미래는 한편 불안하고 두렵기만 하다.

이런 생각을 하는 찰나
'그러면 오늘을 잘 살지 못하겠구나.' 하는 생각이 오버랩됐다. 후회스러운 과거와 불안한 미래를 생각하면 할수록 현재의 나는 초라해진다. 결국 과거와 미래에 휘둘려 이도 저도 못하는 얼간이가 되어버리는. 현재는 늘 자책해야 할 과거가 되고, 그런 맥락에서 미래 역시 자책해야 할 순간들로 가득 찰 수밖에 없으니 말이다.

이석원의 문장을 다시 읽는다.

과거를 후회할 필요도 없을 뿐만 아니라 아름다웠던 순간들도 복습할 필요가 없다고 한다. 전자는 후회스러운 과거를 반복하지 말라는 뜻이고, 후자는 좋았던 기억에 얽매여 과거에 안주하지 말라는 뜻이겠지. 그리고 다가올 날은 빛나는 순간조차 점치지 말라 했다. 왜? 오늘이 없으면 내일도 없는 법이니까. 그러니 우리는 지금, 여기, 이 순간을 오롯이 살면 된다.

신나는 일만 생각해

막 스물한 살이 되었던 2013년 1월 둘째 주.
마침 겨울방학이었고, 곧 아버지 생신이었다. 나는 아버지 생신 하루 전날 고향집에 내려갔고, 이튿날 온 가족이 아침 일찍 미역국이 올라온 밥상에 둘러앉는 것으로 생일 파티를 대신했다. 요란스러운 또래의 생일과 달리 차분하지만 참 기분 좋은 생일상이었다. 그러고는 출근할 사람, 외출할 사람, 저마다 바삐 아침나절을 보내는 동안 나는 다시 이불 속으로 들어가 게으름을 피웠다.

"해찬아, 점심 먹어야지."
종일 뒹굴고 있는 내게 할머니가 밥때를 알려주셨다. 아침을 든든히 먹은 탓에 그리 배가 고프지 않기도 했지만 밥보다는 잠이 더 고팠다.

저녁 즈음

바깥일을 끝낸 식구들이 하나둘 집으로 돌아왔다. 아버지께서 “할머니는?”이라고 물었다. 거실에도, 방에도, 욕실에도 할머니가 보이지 않았다. 외출하신 거면 어디 다녀온다고 하셨을 텐데.

곧 아버지께서 다급한 목소리로 나를 찾았다.

할머니는 옥상에 계셨다. 차가운 바닥에 누워 곤히 잠든 모습으로. 나는 황급히 119를 불렀고, 구급대원들은 심폐 소생술을 준비했다. 할머니가 노쇠한 탓에 자칫하면 갈비뼈가 부러질 수도 있다고 했다. 아버지는 울먹이는 목소리로 괜찮으니 어떻게라도 손을 좀 써달라고 부탁했다.

내 눈앞에서 벌어지는 일이었지만
나는 전혀 실감이 나지 않아 그저 멍하니 정면을 응시할 뿐이었다. 할머니는 곧 의료원으로 후송됐고, 의사의 입에서 비현실적인 말이 흘러나왔다.

"2013년 1월 11일 ○시 ○○분,
○○○ 어르신, 운명하셨습니다."

나는 엄마에게 전화를 걸었다.

'할머니 돌아가셨어.'라고 말하려는 순간 말보다 울음이 먼저 튀어나왔고, 그제야 실감이 났다. 할머니가 돌아가신 거다. 손자가 우리나라에서 손꼽히는 작가가 될 테니 그때까지 건강하시라 새해 인사를 드렸을 때 웃으며 "오냐." 하셨던 게 불과 열흘 전이었다.

'죽음'은 늘 막연한 무엇이었다.
그런데 태어나서 줄곧 한집에서 살 비비고 살아온 할머니가 돌아가셨다. 내 생에 처음으로 직접 마주한 죽음이었다. 그날 점심때까지만 해도 평소와 다름없었던 사람이 한순간에 사라진 거다.

점심에 살아 있다가
저녁에는 죽어버리는 삶이라니.

죽음과 삶이 이토록 가까이에 맞닿아 있었다니.
죽음은 훨씬 더 묵직하게
삶의 테두리 바깥에
가라앉아 있을 것만 같았는데
이토록 한 순간에.
허무했다.

몇 해가 흘렀지만
할머니의 죽음은 여전히 충격과 슬픔으로 기억된다. 그 슬픔과 충격은 시간이 지날수록 커지기만 했다. 그런데 얼마 전 존엄사 문제를 다룬 영화 〈사일런트 하트〉를 보면서 조금 다른 생각을 하게 됐다.

남편과 해로한 여인.

크리스마스를 앞두고 그녀는 출가한 두 딸과 그 가족을 모두 집으로 불렀다. 루게릭 진단을 받은 그녀는 점점 더 심해질 병마 앞에서 스스로 생을 마치기로 결심한 참이었다. 바라는 게 있다면 행복한 크리스마스를 마지막 기억으로 간직하는 것이다. 모두 그녀의 뜻을 존중했지만 대체 어떤 이가 크리스마스에 사랑하는 이의 죽음을 쉽게 받아들일 수 있을까? 그들은 곧 맞게 될 죽음 앞에서 갈등을 겪는다. 그때 존엄사를 택한 여인이 말한다.

"살아갈 날들만 생각해.
언제 신나는 일이 벌어질지 그것만 생각해."

언제고 죽음은 받아들이기 힘든 일이다.
당사자에게도, 남은 자들에게도.

그러나 죽을 것을 생각하면
도저히 지금의 삶을 온전히 살아내지 못한다.
그녀가 말했듯
언제 신나는 일이 벌어질지
그것만 생각해도 모자란 것이
우리에게 주어진 시간이다.

죽음에 대한 두려움보다
앞날을 기대하는 마음으로
지금에 최선을 다해야지.
삶과 맞닿은 죽음 앞에 좌절할 것이 아니라,
그 때문에 삶이 더 빛나는 거라 생각해야지.
깨어 있는 동안 그 시간을 낭비하지 않고,
누구보다 더 즐겁고 신나게 살아야지.